东京文艺散策

刘柠 著

山东画报出版社

给 小 蛮

序　落花时节读华章

樱花又落了。

鲁迅也见过的上野樱花"确也像绯红的轻云"，而今花下更不缺走向了世界的中国人。有成群结队的游客，他们看花也看人；有留学生聚在"喷云吹雾花无数"的樱树下喝酒，颇有点"痛饮黄龙府"的气势，但因为早没了辫子油光可鉴，即便把脖子扭几扭也安能辨我是老外了。

"东京也无非是这样"，我一直不明白鲁迅说此话的来由，而刘柠是喜爱东京的。他说："对我而言，东京则是名副其实的第二故乡——是我在北京之外，唯一居住、生活逾三年的城市。"有了这句话，不消说，他就得写出东京的好来。他甚至说"本世纪初，哺育了周氏兄弟的神保町书店街，今儿哺育着毛毛"，说得也并非不知深浅。若没有从神保町等处大大小小书店购读的那些书，被书们哺育，恐怕他不会写、也写不来这一本《东京文艺散策》。

大概这个世界上我们中国人最恣意敲打的，非日本莫属。因为有传给它汉字文化的恩德，有被它侵略过的冤屈，还有自以为打败它的骄傲，况且它那么小，有什么呀？不管出于什么样的情怀或情结，而今写日本可谓多矣，既有作家论客学者洋洋洒洒地著书立说，又有哈日反日以及貌似广场舞大妈的各色人等在网上畅所欲言，但我偏爱读这个昵称毛毛的刘柠。说老实话，本人有点古，不喜欢当下人们自以为有趣的怪词流行语，可他很爱用，我却不反感，因为他自有一份真诚在其中。嘱我作序，畏之如虎也不能峻拒或婉拒，只好树起"一升瓶"清酒，先浮几大白，这才有了点"笔秃幸趁酒熟时"的意思（龚自珍《己亥杂诗》之一：闭门三日了何事，题图祝寿谀人诗；双文单笔记序偈，笔秃幸趁酒熟时）。况且"屡读屡叫绝，辄打案浮一大白"，也得备好酒。

刘柠不止于读书，还走路。在我的印象里，旅游是远行，去哪里看看什么，很有点隆重，而散步多是在近处走走，优哉游哉，却更带有思考的形象。刘柠是思考者。即便在文艺中散步，思考也油然超出文艺的范畴。每次见到他，我都不禁想起黄遵宪的诗句。那是 1877 年，距 1894 年甲午战争爆发，日本还有十多年的近代化时间，黄遵宪随所谓两千年友好以来头一遭驻日的使团渡海，数日后写下"此土此民成此国，有人尽日倚栏思"，所思当然是吾土吾民及吾国。百余年过去，又有刘柠倚栏思，或许是"东方的悲哀"罢。

所谓"散步"，文学的或文艺的，日本这类散文很发达。早在 1951 年野田宇太郎就开始在废墟的东京散起步来，探访作家的足迹、作品的舞台，题为"新东京文学散步"。起初叫"文学性散步"，似乎太硬性，干脆就叫做"文学散步"。有人不愿用"旧日军"的说法，因为战败后日本只有自卫队，没有军队，没有现任总理大臣安倍晋三公言的"我军"，所以无所谓新旧。野田的文学散步有别于永井荷风的"东京散策"。永井趿拉着木屐在东京四下里寻找的是惜乎逝去的江户，而野田要发现"新东京"，发现希望。他记述与东京有关的文学遗迹，但笔下的东京面貌是现实的。《新东京文学散步》（续写东京，结集为《东京文学散步》）畅销，于是他继续走下去，走遍日本，1977 年出版《野田宇太郎文学散步》，有二十四卷之多。

文学有迹可寻，或许日本文学是世界上最可以画出地图来的文学。这可能与日本文学最为独特的"描写真实"的私小说有关。倘若只敢把场景设定在临江市靠山屯之类，以免对号入座，读了也无从寻访。刘柠去"首都圈"（东京及其周边）寻访了，背着双肩包，和一肚子学识，寻访文学，寻访文艺。永井荷风的东京，以及新井一二三的中央线，福田和也的各种黄昏，早已是他们感情记忆中的往昔风景，我们看不到，似乎也无须再替他们演义。刘柠说："时光倏忽，一晃小二十年过去了。过去因工作的关系，隔三差五飞来飞去，直飞到令人反胃的外埠城市，如今都成了渐行渐远、温暖醇美的回忆。正如我已不复是昨日之我，那些城市的变貌也早已溢出了我的想象。好也好，坏也好，这就是现实，只能接受。"那么，他的散步要"散"出些什么来呢？一个中国人，不远万里到外国散步，自然是睁着一双比较的眼睛，外界的日本与内心的祖国在眼中交映，有重影，有错位，字里行间透露着他的思考，明白人自能会心一笑。从思考与批评来说，或许这本书更类似历史小说家司马辽太郎的《街道行》。

《街道行》与其说是纪行，不如说是"散步"，司马藉考察日本及其他国家的历史、风俗畅谈他独到的文明观。自 1971 年起笔，至 1996 年去世为止，整整在《周刊朝日》上连载二十五年，结集四十三册。日本人的持之以恒常令我感叹不已。这种恒，不单是作家的毅力，也是出版的操守。似乎我们的出版更惯于游击战，打一枪换一个地方，文化的积累就显得驳杂，没人家精细。刘柠也写到日本出版（出版社、书店）。特别是近代以降，文学与出版密不可分，文学就是书。他写道："对日本社会来说，支撑东洋文化软实力的支柱，既不是东大、庆应、早稻田，也不是东映、松竹、宝塚，而是神保町。这块以东西向的靖国通和南北向的白山通为'龙骨'的'飞地'，麇集了约一百七八十家旧书店和三四十家新书店及众多的出版社、中盘商、制本屋、文具店，藏书量不下于 1000 万册，俨然一个印刷活字城。"他喜爱神保町，不仅"泡透了"，而且"穿越"到鲁迅周作人，神保町也为中国文化的近代化作出过贡献。当今出版遭网络新媒体挤压，可说是科学进步、社会发展所致，而且出版本身也在给网络充当"二鬼子"，例如把作品上网不另付稿酬。而网络一旦千金买马骨，作者们纷纷抛弃小心眼的传统出版也说不定。最终当然如刘柠所乐观的，"阅读本身永远不会消亡"，读者无非改变一下阅读方式罢了。

一写到淘书，刘柠的眉飞色舞就跃然纸上。我没有藏书的雅兴和恒心，逛书店跟逛花园差不多，买书的价值判断全在于想不想读和有没有用，虽然也欣赏藏书家的书房，像极了精美的私人花园。所以，从未感受过刘柠那种错失一本书而化作冰雕的遗憾，或者淘到书之后喝酒去的心满意足。他酷爱日本啤酒。写道："从靖国通到水道桥，是一个上行坡道，所访书肆既多，肩扛手拎，是真正的'北上'。春秋还好，冬夏的话，则异常艰辛。每每好不容易挨到水道桥车站西口时，我都会有虚脱感。此时的唯一选择，便是踅进车站后面的小巷中，到那间狭长的、灯光昏暗、墙上贴满了明治大正年间老海报的 Rétro（法语，复古的，怀旧的）调居酒屋喝上一杯。端一扎连玻璃容器都被冰镇得挂着白霜的生啤酒，边低头在膝头摩挲刚买来的旧书的感觉，几乎是感官性的。"每次远远看见他负重走过来的模样我都忍俊不禁，和他欢聚的老地方是同胞开的酒馆，可以放声说中国话，可以喝他带来的烈酒，听他讲见闻，教我们这些久居日本的人也耳目一新。真心希望他坚持散步，往深里说，这是迈开双脚的文学研究，而对于我们一般读者来说，他写出的是富有知识性的散文，况且总是跟读者站在一边。对东京叫好，并大谈它为什么好，那是写论文；不叫好，却让读者不由地叫好，才是好散文。

　　和刘柠有赏花之约，惜乎今年又错过时节，花开了，又落了。花期短，太容易错过。一位日本朋友年年岁岁忙工作，顾不上出门看花，岁岁年年想起来就骂一声"早泄"。不过，"东京也无非是这样。上野的樱花烂熳的时节，望去确也像绯红的轻云"——每当看见上野等处的樱花开得风起云涌，我总会想起鲁迅的话，也想起"人民战争的汪洋大海"。这是我被打上的时代烙印。即便其他人，领导新时代的也罢，嘲讽任何时代的也罢，身上的时代烙印是去不掉的。刘柠与我不同代，我已落后于他。这部书稿里的文章以前零散读过些，现在他整理成集，并赐我以重读的机会，聊补以前未见全豹之憾。但我真不会作序，佛头着粪是不可避免的了。赶上了落花时节，伏案又想起一句"落花时节读华章"，以此为题，恐怕刘柠就只有苦笑了。好在鸟儿落在佛头上，着粪，佛依然微笑着。我想，刘柠即使不"点上一枝烟"，也要"再继续写些为'正人君子'之流所深恶痛疾的文字"。以前为刘柠的大作《穿越想像的异邦——布衣日本散论》写过几句话，这是我对他的"定评"，曰：

> 不是小说家的浪漫游记，不是近乎钻牛角尖的学者论文，其特色有三：布衣的立场，散文的广度，穿越了想像的真知灼见。没有国人谈日本所惯见的幸灾乐祸、嬉皮笑脸，对世态人情的关注是热诚的，对政经及政策的批评充满了善意。他，自称一布衣，走笔非游戏；不忘所来路，更为友邦计；立言有根本，眼界宽无际；穿越想象处，四海皆兄弟。

李长声
2015 年落花时节
于浦安

辑一 「散」「文」之都

"散都"东京

阔别四年半赴日。日本时间晚九时许，出了羽田机场，乘上京急空港线赶往东京市内的瞬间，我便融入了东京——这座超大、超魔幻的都会的节奏中，竟无半点违和感。

从深冬积雪的帝都，在"穿，还是不穿"（秋裤）的纠结中来到东京，从东南方的东京湾方向吹来的温暖、湿润的煦风令人陶醉。从入境头一天起，羽绒服便成了挂在商务酒店单人间墙上的多余摆设。

林文月说京都是"心灵的故乡"，对我而言，东京则是名副其实的第二故乡——是我在北京之外，唯一居住、生活逾三年的城市。按说作为土生土长的北京人，经历过"摊大饼"式的城市化进程，内心该多少有种一览众山小式的优越感——世界最大都市，非帝都莫属，可到了东京才明白这种优越感之虚幻。说实话，我至今弄不清北京与东京到底哪个更大，也懒得做数据考究。但无疑，在经过关东大地震（1923 年）和东京大空袭（1945 年）

后的两度重建及战后大规模的城市化之后，涵盖了"首都圈"（即包括首都周边的埼玉、千叶、神奈川等七县的一体化区域）的大东京，的确保持了世界罕见的"巨无霸"型大都市的记录。相信每一个涉足过东京，体验过密如蛛网的铁道线和蚁群般麇集的站点的观光客，都能感到此言之不虚。

东京像一个巨大的魔兽，无时无刻不在生长、膨胀，至今未已。进入 21 世纪以后，新开通了大江户线、副都心线等地铁线路，超大型综合设施六本木新城（Roppongi Hills）开业，旧东京站改造工程竣工，新地标天空树（Sky Tree）落成……可以说，东京变得更"深入"（如新建大江户线的六本木站位于地下 42.3 米）、便捷，更"通天"（天空树高达 643 米，成为东京的"天线"）、魔幻，也更后现代、更刺激了——可这些并不是我最关心的。令我耿耿于怀、念兹在兹者，只有一件事，那就是东京的"散指"。所谓"散指"，即"散步指数"，是笔者的造语，顾名思义，指适宜散步与否及适宜的程度。在我看来，一个城市在多大程度上适宜散步，直接关涉到那个城市之宜居与否及生活于其中的市民的幸福度，兹事体大。而既然人的幸福可以用"幸福指数"来量化，那俺为什么不能独创一个曰"散指"的新词呢？爱谁谁！

毋庸讳言，对"散指"的关注，其来有自，照例源自自身的问题意识。问题的背后，是自己生活的本土城市已不宜散步的不堪现实。吾友、学者汪民安曾撰文，如此谈论他所居住的地界——望京：

望京是一个没有街道的地方，到处是高楼，到处充斥着大马路，里面就是没有散步的地方。在这里生活很乏味，每天想出去走走，就是没地方可走。我总是在想，为什么这个城市要变成这个样子，变成一个无法散步的地方？

对此，笔者感同身受，因为我也住在望京，与汪宅只相隔几条街区。汪说："北京现在越来越大，你出门只能坐车，后来我发现对北京这个城市我越来越没有什么感受了，你的行走，就是永远从一个地点到另外一个地点，整个路途都与你无关。慢慢地你会发现，整个城市都与你无关，你只是对城市的某个地点，某个你要抵达的地点感兴趣，因为城市的细节没有了，城市的多样性和秘密没有了，城市的街道没有了，取而代之的是车道……"于是，你从 A 地去 B 地，唯一关心的，便是交通手段和时间成本。或乘公车，或打的，就事论事，直截了当，而不会去关注沿途的风景和城市的表情——这使我们的出行成了单纯的负担，加上日益升级的交通堵塞，每个人的心中都充满了焦虑和厌烦。

在这个意义上，东京仍然是"散指"颇高的城市——堪称"散都"（散步之都），尽管其人口和机动车保有量均跻身世界最高水准。漫步东京街头，你可以相当从容。尽管周围西装革履、手拎公事包的上班族们步履匆匆，公路上车流如织，速度很快，但你不会感到任何困扰：步道虽窄，但铺装整饬，几乎每一寸面积都经过精心的设计，风格与路旁的店铺、街树及周边环境高度协调，连下水道的井盖都宛如艺术品；行人默默行走，秩序井然，绝少看到痰迹和纸屑，更没人在路上吸烟。笔者曾亲眼看见乌鸦和鸽子落脚在步道的栏杆上，与过往的行人仅隔 10 厘米，却彼

原宿——后现代文化圣地

表参道上的新婚

此相安无事。乌鸦、鸽子与一片灰西装"擦肩而过"的街景是一个隐喻,道出了现代都市与自然的和谐并非不可能。客观上,东京的鸟类和流浪猫、狗之多,令人叹绝,且全然不会有怕人的意识。

普通街道如此,遑论步行者天国。繁街闹市,多辟有步行街,称为"步行者天国"。有的地方终日如此,有的则分时间带:时间一到,机动车绕行,行人信步马路中央。天气晴好时,艺人在街头卖艺,年轻男女练习街舞,鸽子们照例闲得无聊,四处溜达,从不远处的车站方向,间或传来政治家的竞选演说……对这幅构图,所有人都见怪不怪,因为它早就定格成了超日常的生活风景。

如果说东京是散步之都的话,相信日本地方中小城市的市民会真心不爽。要知道,那些离海岸更近、空气更清新、环境更清洁、历史更悠久、地域文化更富特色的地方小镇,不仅有温泉名汤,有的还保有古城楼、城墙和护城河,徒步三四个小时便可绕城一圈,简直是天造地设的绝好散步道。然而,与之相比,东京的街头散步更丰富,更刺激,更富于意外性和感官性,更"粹"。

我一向爱读东洋作家谈东京(江户)的书,从田山花袋、永井荷风、奥野信太郎、吉行淳之介,到水上勉、川本三郎、四方田犬彦、福田和也,从三岛由纪夫、池波正太郎,到寺山修司、荒木经惟,东京仿佛是一本永远也谈不尽的天书。东京像一个巨大的生物体,在几代文人的谈论中成长、变形、扩张——地上的建筑物越建越多、越来越高,天际线越发狭窄、尖锐。但始终不变的,是城市的文脉和韵律,或者说文化。东京许多超高层建筑的顶层都设有供市民免费赏景的瞭望台,有的可 360 度旋转。无论从哪个视角俯瞰脚下的钢混密林,人们都会不约而同地在第一时间辨识富士山、皇居、新宿御苑、东京塔和自己的家。用荒木经惟的话说："没法子，东京跟我的生理合拍"，是"我的子宫"。

日文中对散步的表达主要有"散步"和"散策"两种，今天在语意上已几乎无差别，但笔者更倾向于后者。"散策"系源自中国古语的文言，原意为扶杖散步，杜甫有诗云"北风吹瘴疠，羸老思散策"（《郑典设自施州归》），即作此用。在现代日语中，"策"之原意已消失，成为一个"虚词"，与"散"共同构成一个名词（时而动词化），意为适性随意地溜达，而在语境上，与"散步"有微妙的温差，在笔者看来，多少有种文士情怀和诗意的氛围。日本的作家、学人，当他想到住家周边的公园或涩谷、表参道一带溜达一趟的时候，一般会说"散步"；可当他想到神保町书店街或银座、日本桥这类地界闲逛的时候，则多半会用比较老派的"散策"。

永井荷风酷爱散步，其传世名作《濹东绮谭》可以说就是一部散步之书，荷风也因此而有"散人"（荷风散人）之称。虽说当年荷风散步的地界主要是玉之井[1]一带的下町，远没有那么阳春白雪，但他老人家穿西装、戴礼帽、挂手杖，是真正的"散策"。因此，荷风散人当是散策之人。

也正是在类似的语境下，东京——这个我心中的"散都"，是散步之都，确切说，当是散策之都。

---

〔1〕 即今东京都墨田区东向岛一带，战前系私娼寮和脱衣舞厅、风俗酒廊集中的花街之一。

文学之都的气味

当我说东京是文学之都时候，并不仅仅是说那座城市曾经辈出过多少文豪、诗人和作家，而是说那座城市，连空气中都弥漫着随笔和日本酒的气味！虽然日本颇有几个富于文学情调的城市（如京都、奈良、金泽等），但从江户脱胎而来的东京仍然是唯一的，无可替代的。

东京在明治元年（1868）7月17日成为新都之前，称为江户，意为河川入海之门户：汩汩流过关东平原的利根川、荒川（隅田川）、多摩川等河流，经东京湾入海；流经市区的河流，有神田川、日本桥川（平川）、江户川、浅草川、墨田川、深川等，数不胜数；更有许多河川，在历次城市化进程中，随着首都的扩建，从地面消失，成为地下河。所以，东京是名副其实的"水都"。大抵河多桥众，从来是一个城市浪漫的标志。在这个指标上，东京当仁不让：打开交通图，以"川"和"桥"命名的地名、车站令人目不暇给，且多与文人相关。

隅田川、日本桥、京桥之于谷崎润一郎、芥川龙之介和永井荷风，正如上野、本乡、神田之于森鸥外、夏目漱石和田山花袋。据野田宇太郎在《东京文学散步》中考证，著名医师、剧作家木下杢太郎曾参与关东大地震后的帝都重建计划，并亲自设计了东京站附近的跨线铁路桥八重洲桥。当时主导复兴计划的是东京市长后藤新平，在修建新桥时，出于美学上的考虑，公开征求文化人的意见——木下方案便应运而生。木下的设计以西班牙古典主义建筑为摹本，同时融入了传统江户建筑的要素，是大正浪漫主义风格的代表作，被野田誉为"我国文化史上，与现代艺术最有因缘的桥"。[1]诸如此类的文化遗迹，在东京比比皆是。稍不留神，便会遭遇文化冲击：它可能是一座雕像、一幢宅邸，或者一座纪念馆；也可能是一棵树、一块店幌，或者一方墓碑。但只要它不经意间闯入了你的视野，你不可能不为之驻足。

因此，日本有太多迷恋散步的作家，也产生了世界第一的散步文学，如永井荷风的《隅田川》《深川的散步》，佐藤春夫的《美丽的城》[2]，谷崎润一郎的《屋脊后面的散步者》[3]等等，不一而足。上述野田宇太郎所著《东京文学散步》，煌煌七卷，记录了从明治年间到昭和中期，几代作家对东京的生死眷恋。川本三郎在写真随笔集《各有各的东京》[4]中，让二十三位作家、画家、导演登场，讲述他们对东京，不，具体地说是对首都圈内某个生

---

〔1〕 战后，因东京站的大规模扩建，该桥被拆除。
〔2〕 即『美しい町』。
〔3〕 即『屋根裏の散歩者』。
〔4〕 即『それぞれの東京 昭和の町に生きた作家たち』。

柳宗悦的民艺馆，位于东大驹场校园附近的小镇上。附近的日本近代文学馆和馆内的 Book Café "文坛"，是可以泡一天的地方。

于斯、长于斯、终老于斯的小镇的浓浓乡愁。在白纸上把那些镇子的地名连缀起来，便是一幅东京地图，从山手到下町，从"盛场"到"恶所"，沿中央线一路向西，直到郊外的荻窪、武藏野……作家的笔调温暖，有种穿越时空、超越性别的力量，直抵人的内心。如他写向田邦子：

> 与现在的女生相比，昭和时代的女学生要不自由得多，被道德所束缚，也许很"憋屈"。但唯其不自由，她们更珍视日常的生活。正如恋爱，常常越是受制约，便越发纯化似的，那时的女生正因为不自由，才更看重梦与憧憬。也许，向田邦子所爱惜的，正是彼时的"不自由"。

即使在东洋女作家中，向田也属于对性有洁癖之人。其在保险公司工作的父亲深知女儿的性格，倍加呵护。有时在家中待客，酒过三巡，那些酒品不济的主儿便开始唱起来，哼那种男人之间彼此会意的小曲。歌词快到比较"那个"的桥段时，既无法扫客人的兴，又不愿让待在茶间的女儿听到的父亲，便会突然站起来，高举双手，故意大着嗓门喊"万岁！万岁！"……父女情深，跃然于纸。

用文学来形容东京的调子，真是再恰当不过。因为文学有雅俗之分，更有色调的温差，有的幽雅节制，甚至不无寡淡，像极了京都的枯山水；而有的却活色生香，甚至相当生猛。萝卜白菜，见仁见智，完全因人而异。文艺评论家福田和也独钟黄昏的春日通：

从远处望见山手线的铁道桥，疾步走过春日通。街灯在都电轧过铁轨的声音中摇曳，变成橘黄色，大塚像被挂上了一层暖帘——此乃江户一流的日暮。

噪音、吆喝声化作喊声，涌向街路。穿行于店家的屋檐下，广告电热气球不住地往上蹿，绕过老铺、新兴风俗店和拉客的小客栈，就到了汤岛的"琥珀"。

浅草、北千住、新宿、立石、大井町……东京有各种各样的日暮和晦暗。但暗中却自有一种甜——那是为了遍尝其滋养的方式。

不到二十岁开始夜游，我和我的鞋子，携形形色色的伴侣——从风尘女到"莱卡 D Ⅲ"型相机，踏遍了东京的繁街闹市。既非天国，也不是地狱，我置身于现世的欢乐巷中。

福田是庆应大学的教授，土生土长的"江户子"（日语，意为东京人），这副调子也完全是江户式的，透着一股浑不吝、爱谁谁的劲儿，也许放到北京也分不出。可唯有从大都会的路灯中读出日暮的不同"色温"，从一片晦暗中品出某种"甜"的表现，堪称东洋人独有的生命体验，令人想到"物哀""幽玄""私小说"之类——反正都是日本文学的劳什子。

辑二 东京文学地图

上　野

　　如果说东京站是东京的门户的话，那么，上野站则是关东的玄关。从关西方面进京在东京站下车，而上野站则是东北新干线的始发站。东北地区，在日人的意识中，有"老土"的意味。日语的"onoborisan"[1]，原意是进京的人，直译就是"土老冒"，据说最初就是指来自东北地方的进京者。车站大厅中央立有一座圆形金属碑，刻有出身于东北地方岩手县的诗人石川啄木的一首短歌："好怀念家乡的口音。去停车场的人海中，倾听。"

　　与红砖洋风的东京站相比，上野站也确实显得过于朴实无华。出了上野站的公园口，过一条小马路，就是著名的上野公园（日本最早的公园，全称为"上野恩赐公园"）。入口处，矗立着一尊西乡隆盛的铜像。以此为中心，方圆两三公里的地界，可以说是日本近代文学的发祥地。冈仓天心、夏目漱石、正冈子规、森

---

　　〔1〕　即"お上りさん"。

鸥外、樋口一叶、芥川龙之介、竹久梦二……这些光耀近现代文学史的名字，无一不与这块地界发生过深刻的"粘连"，乃至一个半世纪过去，他们的面影仍清晰可见——在不忍池畔，在温泉旅馆，在寻常巷陌的下宿屋，在阒寂无人的墓地里。

文人骚客云集之地，自然少不了酒肆茶屋。位于池之端广小路的居酒屋"酒悦"，创业于延宝元年（1673），至今已有三百四十年的历史。昔德川家康为了镇护江户城，在相当于"鬼门"的忍岗（上野公园内的一处山地）上建宽永寺，号称东睿山，作为天台宗的总本山。在宽永寺山下的不忍池畔，建了三间香煎茶屋：分别命名为"酒好""酒袋"和"酒悦"。前两家早已完成了"历史使命"，关张大吉；唯"酒悦"得以延续，至今食客盈门，终年无休。其看板料理福神渍和海苔佃煮，被认为是典型的"江户之味"。明治维新前夕，"酒悦"第十五代店主野田清右卫门为真情回报老主顾，尝试改良茶泡饭中的配菜渍物，以萝卜、莲藕、蜂斗菜、竹笋、黄瓜等七种食材为原料腌制，颇受称许。后被幕末时期作家梅亭金鹅借传统七福神的寓意，命名为福神渍，成了江户名物。

"从动物园前面东照宫（宽永寺的别称）的一个鸟居里横穿过去，就进了精养轩的后门。"早年留学德国的森鸥外在自传体青春小说《青年》中，描写了文青纯一和医学院大学生大村的交游。在字里行间，有意无意地向读者普及西洋文明的知识，从西餐中刀叉的摆法到社交场上洋礼的规矩。上野公园内的著名西餐店精养轩，正是这样一个文明开化的舞台。明治五年（1872），精养轩始建于筑地，起初业绩平平。四年后，遵从曾巡回考察欧美诸国制度文化的岩仓具视的建议，在能俯看不忍池的上野忍岗建分店，同时兼营酒店业，果然风生水起，成为政、财、文艺三界的顶级社交场，不仅岩仓具视、伊藤博文、後藤新平、大隈重信、涩泽荣一等日本未来道路的"设计师"们频频在此餐聚，甚至还曾蒙明治天皇和皇后两陛下的行幸。彼时，日本人刚刚开始吃牛肉、喝牛奶的西化生活，精养轩可以说是日本西餐的滥觞之地，曾辈出过包括皇室料理人在内的顶尖西餐大厨。森鸥外和夏目漱石均留过欧，是日本的洋派文豪，自然少不了来此饕餮。

除了上述森鸥外的小说《青年》，精养轩也曾在夏目漱石的长篇小说《三四郎》中出现。而且，不仅是小说，森鸥外的现实私生活也与这家店密切相关。刚从德国学成归国时，热恋中的日耳曼金发女友乘船追来，森鸥外唯恐家中知道自己谈了"鬼佬"女友，便金屋藏娇于精养轩。另一位文豪谷崎润一郎早年学业优异，但由于家境贫寒，进学之际，捉襟见肘，困窘不堪。精养轩第三代店主北村重晶富而侠义，惜其文才，伸出援手，谷崎得以寄食北村公馆。然而不承想，多情的文青却爱上了同在北村宅邸中学习礼仪做法的年轻女性，不得不搬了出去。日后，作家把这段经历写进了小说。上野，正是这样的地方：它是现实的，却又无往不在文学史中。

一个深秋的午后，空气清冽，天蓝极了。阳光打在金黄色的银杏街树上，然后在柏油路面上泻下一地明暗斑驳，于是整条马路都成了黄金绶带。想到隔海相望的"霾都"，我报复性地大口深呼吸。进上野公园，沿步道溜达，看了两出街头卖艺，一是哑剧，

上野公园的街头艺人，功夫了得。

一是杂耍。表演者不仅演技了得，且台风极"正"，表演兼主持，态度不卑不亢，堪称"德艺双馨"，令作为海外观光客的笔者，在每一处只往翻过来的帽筒里丢五百日元硬币，竟有些羞惭。

上野公园不是一般意义上的公园，是艺青的圣地，除了日本艺术最高学府东京艺术大学外，还有五座美术馆、博物馆，一座图书馆及一座剧场坐落其间。原本打算把几间美术馆"一网打尽"，但时间有限，阳光又是如此诱人。艺术与自然"交战"的结果，五座美术、博物馆妥协到两座（东京都美术馆和国立西洋美术馆）。日本的美术馆，规模超大，展示内容充实到超乎想象的地步，一座美术馆的特别展和常设展统统看过的话，大半天到一整天不在话下。

迎着日光，一路下山，至不忍池畔。荷花已败，黄灿灿的残叶漂在湖面上，像睡莲，天鹅和不知名的野鸟浮游其间；高中生们绕湖长跑，中年画家在路椅上写生；拾垃圾的流浪汉，把饮料瓶、废报纸和旧杂志分门别类，打包入袋，载到停在路边的小型卡车上，然后走到自动贩售机旁，投币买一罐热咖啡，边抽烟边优哉游哉地读起了当天的《读卖新闻》……这熟稔的风景，竟然与我二十多年前初见时一模一样，简直分毫不差，时光仿佛停滞了——这也是那个国家最令人不可思议之处：骨子里相当保守，保守到基本拒绝改变，无论好坏。所以，你才会见到延续千年的老店、作坊，还剩七家；延续二百年以上的公司，还有三千多家；而百年老店，则有超过两万两千家的全世界独一无二的"保守主义"传统。

不忍池的东岸，有一条小路，实际上是直通浅草的中央通的岔道。沿此路北上，过了东照宫的鸟居，再往前半里地的样子，便到了池之端三丁目，路边是水月饭店。这是一家著名的温泉旅馆，亦称鸥外庄，旁边立有一石柱，上书"森鸥外旧居迹"。明治二十三年（1890），从德国学成归来的森鸥外终于告别旧日孟浪，与海军中将赤松则良的长女登志子婚后，作为倒插门女婿，住在位于上野花园的赤松宅邸，即今天的鸥外庄。作家在此生活一年有半，直至与登志子离婚，迁居本乡驹込。因在此期间，曾执笔小说《舞姬》，故彼时作家写作的房间，被命名为"舞姬间"，对外开放，游客可在此用餐、泡汤。中庭有树龄逾三百年的榧树、逾二百年的黑橡树和刻有鸥外笔迹的石碑，屋脊缘廊、雕梁画栋、石板小径，无不透着文明开化之初明治年代特有的浪漫气息。

过了鸥外庄继续北上，顶头左拐，是东大附近的言问通，再向西直插就到了根津。时值午后四时许，斜阳西挂，霞光万道，一条小街向西无限伸展。道路两边的民居，高低错落有致，白、灰、咖啡色的墙体和屋顶的琉璃瓦在夕阳下闪烁，店家的暖帘随街树在风中摇曳。街上几乎无人，偶有车辆驶过，但引擎像装了消音器似的，悄然无声，只是偶尔从不知什么地方传来乌鸦的叫声，像极了小津安二郎电影中的街景，令人联想到《三丁目的夕阳》中的昭和小镇。过了根津一丁目的交叉点再往前 300 米，然后折入左手的一条胡同，便到了东大本乡校区的弥生门。弥生门斜对过，有一栋精致绝伦的红砖洋楼，虽然只有三层，相当"袖珍"，却是两间著名美术馆共用的建筑：弥生美术馆和竹久梦二美术馆——均为私立美术馆，由律师鹿野琢见分别于 1984 年和 1990 年创设，主要展出鹿野本人终生收藏的高畠华宵和竹久梦二

弥生美术馆和竹久梦二美术馆。

这两位大正时代画家的肉笔画真迹。门票通用，馆内有通道可彼此穿行。一楼大厅的礼品店兼咖啡座"港屋"，承袭了梦二发妻他万喜曾几何时在日本桥所开的精品店的名字。

按说笔者在东瀛各地泡的美术馆不可谓少，但从未发现一个地方有竹久梦二美术馆那样的范儿。什么范儿呢？大正范儿，或曰"大正浪漫"范儿——观众中，女性远多于男性；女观众中，着和服者明显多于穿便服者。当我看完展览，走进因狭小而略显拥挤的"港屋"购买礼品时，眼前一片钗光鬓影。一袭袭明艳的吴服，袅袅娜娜，呢喃软语着，纤纤玉手挑选着礼品。细加端详，不由得大吃一惊：瘦脸、苍白、大眼、长睫，面带某种无辜而哀怨的表情，仿佛个个都是从梦二画中走出来的"梦二式"美人！

田 端

从上野乘山手线，沿内环向西北方向行四站，便到了田端。这一带是东京都的北区，是曾出现在鲁迅笔下的仅有的几个东京地名之一："从东京出发，不久便到一处驿站，写道：日暮里。不知怎地，我到现在还记得这名目。"鲁迅在《藤野先生》中提到的中土古风的车站——日暮里，就在田端的边上。周作人与胞兄，有着大体差不多的日本经验，他曾作文回忆"与妻及妻弟往尾久川钓鱼，至田端遇雨，坐公共马车（囚车似的）回本乡的事，颇感慨系之"。[1]

田端，顾名思义，"田圃之端"。江户时代便有丰岛郡田端村，据《东京府村史》记载，"全村以农为业，营他业者无"。农地分水田、萝卜田和葱田，谷田川从南边静静流过，高地上是杂木

---

〔1〕 见《怀东京》。收入《周作人文类编·日本管窥》，湖南文艺出版社 1998 年 9 月第 1 版，第 69 页。

林，郁郁葱葱，林间生息着狐狸等野生动物……直至明治初期，仍是一幅"阡陌纵横，鸡犬之声相闻"的田园图画。明治二十二年（1889），随着上野的东京美术学校（即今日本艺术最高学府东京艺术大学）开校，上野周边出现了一些画塾、研究所和画材店，吸引了一批画家和艺青赁屋下宿，建画室、工作室。

田端最早的"移民"是陶艺家板谷波山和画家小杉放庵。接着，有思想家冈仓天心、雕塑家吉田三郎、小说家直木三十五等跟进。大正三年（1914），小说家芥川龙之介迁入。三年后，又迎来了诗人室生犀星。芥川和犀星都是明星范儿十足的作家，他们的选择具有很强的示范效应。于是，又一批作家、艺术家追踪而至：菊池宽、荻原朔太郎、中野重治、野口雨情、小林秀雄、竹久梦二、岩田专太郎，等等，一时蔚为大观。田端文士村——这个东西长约1公里，南北不足1公里的小镇，盛期时有百余名作家、诗人、画家"诗意地栖居"，成为二十世纪初叶东亚社会绝无仅有的人文景观，堪比塞纳左岸的蒙帕纳斯。

室生犀星从东北地方的金泽进京后，曾四处辗转，数度搬家，但始终没离开过田端。犀星的友人、诗人荻原朔太郎说："对室生君来说，没有比田端的风物和环境更趣味相投的了。他赖以栖居的景色中，刚好有他的'诗'。室生君与田端的风物，不啻以一种最必然的联想结合在一起。以至于究竟是室生君居于田端，还是田端住在室生之中，几乎难以从表象上区分。总之，田端与犀星的乡里金泽极其相似：那种寺庙的味道、味噌汤的味道，阴气的、湿乎乎的金泽的延长，刚好就是田端和根岸边的风物。恰恰在这样的所在，有一个玩味着俳味和风雅的金泽人室生。"犀星自己，则把田端称作"第二故乡"。在四席半的下宿屋中，他编辑文学纯刊物《感情》，写下了一生的代表作，甚至为田端中学校写了一首校歌，传唱至今。

昭和二年（1927）7月23日，田端四三五番地（今田端一丁目附近）。帝都猛暑，史所罕见。入夜，终于降雨，连日的酷暑有所缓解。凌晨一点半，芥川龙之介换上在中国旅行时买的睡衣，准备就寝，在被窝里打开了《圣经》。清晨，睡在隔壁的妻子感觉有些异样，推门进屋，大惊失色：丈夫面无血色，呼吸艰难，胸前放着一封遗书。即刻唤来医生，遂告不治——这位三十五岁的敏感而脆弱的天才、大正文坛的宠儿，夙夜倾听夜雨，未明时分仰药自尽。作家留下的遗书表明，除健康原因外（芥川生前患有胃溃疡和重度神经衰弱症，长期失眠），对时代和未来感到某种"恍惚不安"，应该是作家奋而自戕的主要原因。芥川之死是一个隐喻：在一个不确定性陡增的时代，"不安的哲学"在增殖。同时代作家广津和郎在谈到困扰芥川的"不安"时说道："那是彼时始终缠绕着我们的，无处不在却又挥之不去的一种情绪。"芥川死后第三天，在九州地方的熊本市，一名二十四岁的青年在作家的遗像前用剃刀割断了喉咙。两年后，世界大恐慌，日本经济遭重创；四年后，"九一八事变"（日称"满洲事变"）爆发，大陆战色愈浓；翌年，发生"五一五事变"，日本一头扎进法西斯化的不归路……从一抹"恍惚不安"，变成眼前活生生的恐怖，仅用了几年时间。

芥川旧居，离今天的田端车站不远，从南口出站徒步只需五分钟。当时的赁屋，在1945年4月的东京大空袭中遭破坏。修复后，

从友人、作家麻生晴一郎家的大阳台上俯瞰"叮叮电车"驶过，有种很强的穿越感。

因芥川后人未能购入，被分割成三间，据说院墙和一扇通向厨房的通用门至今仍保持着当年的原状。芥川在此间寓居三年，写下了《罗生门》《薮中》等传世名作。

从车站北口出站，旁边就是田端文士村纪念馆——由东京都北区文化振兴财团管理的文学博物馆。通常，每月第三个周六，都会有纪念馆组织的文学散步活动：先参观纪念馆（约一小时），然后是文士村散步，有讲解，带导游。因系公立设施，一律免费，参加者只需提前预约。如此，两三个小时下来，百年前文豪、巨匠的面影重现眼前；一道道巷子、一间间老铺、一面面看板和暖帘，仿佛是一部近代文学史剧中的舞台和道具，不停地上演着兴衰更替、荣辱情仇的剧目。

一个秋风瑟索之夜，我从作家麻生晴一郎位于田端附近的仓库式（Loft）宅邸告辞回酒店。烧酒的后劲儿尚未尽退，头顶上星河灿烂。在东尾久三丁目站，挥别了作家夫妇，乘上都电荒川线的橘黄色电车——东京仅存的市区路面有轨电车。乘客寥寥，车厢上方有光线柔和的阅读灯，车窗外是都会的万盏霓虹竞相绽放。车站短且密，停车和启动时，会响起"叮叮"的提示铃声，东京人管这条线路叫"叮叮电车"。当超萌的叮叮电车自东向西横切过"下町"，抵达终点站早稻田时，笔者有一种非常穿越的感觉：不足半小时的车程，仿佛穿过了整个江户城，穿过了一部日本近代文学史。

马 込

　　从京滨东北线的大森站山王口出站，向左下一条坡道，大约走十来分钟的光景，右手边就到了天祖神社。沿着神社边上的小路，穿过木原山，见瓣天池，再顺着谷中通（即现在的首都环状七号线），一直朝山王方向北上，就到了马込。

　　荏原郡马込村，是从江户时代便"古已有之"的地名。丘陵地带，地势蜿蜒起伏，低地是水田，台地是旱田，四周为杂木林环绕，"大森"不仅是作为"天领"[1]的地名，更是此间自然风物的写照。明治十年（1877），美国人类学者爱德华·S.摩斯偶然发现了大森贝冢，明治政府立马跟进，展开了最初的现代意义上的考古发掘调查，从而把地域的历史一下子远溯至史前时代。昭和四年（1929）5月26日动工的国家遗迹大森贝冢的石碑，至今仍立在大森车站附近NTT数据山王大厦的旁边。传说马込有九十九道谷。

---

　　〔1〕　即江户幕府直辖的领地。

曩昔，室町中期的武将、江户城的奠基者太田道灌曾想在此地建筑城楼，但山谷之数的"九十九"，在日文中与"苦重苦"同音，恐不吉，遂作罢。村落景观的"豹变"，是在关东大地震之后。巨震对东京的破坏是摧毁性的，但也带来了帝都重建的契机。田圃被填埋，杂木林被砍伐，代之以面向白领上班族的成片"文化住宅"[1]。昭和二年，马达村正式更名为马达町，成为东京南郊的一个新兴卫星城——彼时，正值日本现代史上最早一波城市化。

在关东大地震之前就在马达赁屋而居的作家尾崎士郎亲眼见证了这种历史性变迁，并在小说《荏原郡马达村》中记录下了来：

现如今，所有的风景为之一变。杂木林被连根拔走，圆润的山包被斜着削去，裸露出赭土的肌肤。那曾几何时会发出幽玄之音的竹林，变成了新的网球场。满载着赭土倾斜面的山土的大卡车呼啸而过的声音，近四年来始终不绝于耳……就这样，村子的风致，被这群翻过一个山坡，蜂拥而至的新入侵者们渐次瓦解。夹着街道，两侧在远处重叠在一起的小山谷——日暮时分，薄雾降下，从谷底会飘来柯树新叶的清香。而今，谷间的土地已平整完毕，面向出租的文化住宅的镀锌铁板屋顶在十月午后的阳光下，反射着新粉刷的油漆的颜色，与被萝卜田的青绿色线条点缀的坡度和缓的山丘，迥然一分为二。新铺的石漫小路，像蛇一样，蜿蜒伸展开去。

---

[1] 大正后期到昭和前期流行的一种简易的和洋折中住宅样式。

尾崎所描绘的，是文学家之眼所看到的东京重建。这种重建，当然是以牧歌式的田园生活的渐行渐远为代价的——自然的消失，换来了大片开发的"文化住宅"，谷中一带成为新型住宅团地的典型。同样的记录，在史家的笔下，虽然没那么诗意，但却客观得多。如历史学者、大阪产业大学教授竹村民郎在《大正文化——帝国日本的乌托邦时代》中写道：

> 大正十二年（1923）的关东大地震后，东京郊区获得显著的发展，东京的交通机关以此为契机，积极往郊外发展，建立起"卫星住宅都市"。拥抱两百万市民而膨胀的大东京，就像巨大的怪兽般咆哮着、不分昼夜地不断活动着，成为孕育新的生活风格、文化，以及新市民精神的母胎。

但无论是"当事者"的尾崎士郎，还是"旁观者"的竹村民郎，对那一波都市化运动，其实基本都是持正面评价的。尤其对前者而言，若是没有那一波都市化，也许根本就不会有后来的"马込文士村"。

尾崎士郎和宇野千代是文士村的核心人物。大正十二年，两人共同入选《时事新报》的小说悬赏征文，宇野的小说《脂粉之颜》[1]荣登榜首，尾崎的作品《自狱中》[2]屈尊榜眼。以此为机缘，

---

〔1〕　『脂粉の顔』。
〔2〕　『獄中より』。

同岁的两人惺惺相惜，遂在马込村中井赁屋同居。后又在一片菜地的正当间儿，觅得一间纳屋（农人置放农具的仓库），加以翻建、改造，共筑爱巢。晚年，千代在《我的文学回想记》中写道："马込的萝卜田中，突然冒出一爿蒿草屋顶的风雅小屋来，是那年秋天快到头的时候。家中的一半辟为土间，座敷有六张榻榻米大，没厨房，炊事就在屋后的房檐下料理。"但就是这间风雅茅庐，却成了文士村的沙龙。尾崎其人人缘极好，"唯一的缺点，就是过于招人喜欢"。宾客如云自不在话下，且每有访客，必以酒相待。推杯换盏之间，话头不断，八卦迭出。据士郎在自传性小说《空想部落》中描绘，"村中事，事无巨细，统统会传达到他（士郎）的书斋。然后经过胡扯和夸张的加工，眼瞅着就在村中四散开来"。由此，士郎千代伉俪的蜗居，被文人街坊们戏称为"马込放送局"。为士郎赢得巨大声誉的作品是《人生剧场》，在报上连载后出版，付梓之初波澜不惊，后经同属马込文士一员的友人川端康成书评推介，竟热销不已，一跃成为当年度的大畅销书，也奠定了尾崎士郎在现代文学史上不动的地位。

"杯酒下肚，不分你我"——这是尾崎劝诱作家同好迁居马込的公关广告。川端康成、室生犀星、山本周五郎、衣卷省三、荻原朔太郎，加上女流作家佐多稻子、吉屋信子、村冈花子等等，几乎都是被士郎千代夫妇给"忽悠"来的。战后，山本周五郎回忆，"积压最多的，不是欠稿，而是酒单"：

> 现在想来，我甚至觉得，在酒屋的账单之外，还真没有让我如此操心之事——到除夕夜，都不能平账。我又是

个不会找巧妙托辞的人，只有笨嘴拙舌地对人家赔不是，三河屋的老爷子一时间也确实没给我好脸色。倒也未必是什么商法的心机，实际上老爷子自己似乎也有难言之隐。反正，他马上又变得和颜悦色起来，问我：正月里给府上送多少酒去合适？

山本清楚地记得自己还欠着酒家十五元的酒单，也从尾崎处听说他自己所欠的酒钱。"除此之外，其他挂账还有多少，就不清楚了。但背着所有这些债权，一天深夜，三河屋的老板竟夜逃了。"多年后，在一个通常会发愁如何面对老爷子，琢磨怎么编借口、赔不是的年根之日，山本作家深情道白：

　　三河屋的老爷子哎，您如果还健在的话，请告知所在地。此时，我在这年关的黄昏，由衷地祈愿：请让我把那时酒单的余额一并来埋单吧。

除了喝酒，尾崎士郎酷爱相扑。他组织了一个大森相扑协会，定期稽古（日文，意为"练习"）。位于山王的尾崎士郎纪念馆中，藏有一帧稽古的照片，五位赤身露体，只系一条兜裆布的"力士"正在做稽古前的准备动作。从左至右依次是：今井达夫、尾崎士郎、中村武罗夫、山本周五郎和铃木彦次郎。

马达文士村是一个松散的团体，成员们的政治立场和趣味各异，互动有疏有密，有一搭无一搭，特像一个文艺"异托邦"（Heterotopias）。成员中除了小说家和诗人外，还有不少艺术家，

位于惠比寿的东京都写真美术馆是世界最大规模的摄影美术馆。

其中不乏在现代艺术史上地位显赫的大家，如小林古径、川端龙子、伊东深水、川濑巴水等。艺术家们组织了一个"大森丘之会"，在大森站附近的一间旅馆里定期办展，盘道。也多亏了他们的画笔，描绘和保存了大正时期到昭和早期马込一带的"原风景"。视觉的记忆最易颠覆——不出几年光景，诸如萝卜田里的风雅茅庐等牧歌式景像，就在关东大地震后的帝都重建中面目全非了。昭和五年（1930），随着尾崎士郎与宇野千代的分手，"马込文士村躁动的青春期也结束了"（作家野田宇太郎语）。

战后的马込文士村比战前要寂寞许多，但仍有如剧作家、现代文字改革运动的倡导者山本有三等重量级文人陆续迁入，并辐射能量。1959年，年仅三十五岁、声名如日中天的三岛由纪夫在南马込的富士冢斥巨资兴建了一幢西班牙风格的洋馆——"白亚之馆"。在这座纯白色的、如童话般致幻的豪宅里，作家完成了日本文学史上划时代的作品——《丰饶之海》四部曲。

1970年11月24日夜，从于港区新桥的餐馆"末源"举行的"辞世宴"回到家中，三岛像往常一样，关在书斋里，伏案完成了《丰饶之海》四部曲之最后一部《天人五衰》的最后一章的结尾：

> 此后再不闻任何声音，一派寂寥。园中空无一物。本多想，自己是来到既无记忆又别无他物的地方。
> 庭院沐浴着夏日无尽的阳光，悄无声息……

然后，端端正正地署上了"三岛由纪夫"的名字；落款时间，写成了"昭和四十五年十一月二十五日"。

翌日（1970 年 11 月 25 日），三岛比平时早起，入浴，修面，系好六尺兜裆布，没穿衬衣，直接披上盾会制服，开始整理出门携带的东西：短刀、匕首、标语、檄文，一丝不乱，最后拿出了那把十七世纪的日本名刀"关孙六"。临出门前，又折入书房，在一张白纸上写了两句话：

　　生命诚有限
　　但愿能永生

十点整，三岛走出家门，与驾驶轿车前来迎接的四位盾会会员汇合后，一起驱车前往位于市谷本村町的陆上自卫队营地。一小时后，策动了著名的"三岛由纪夫事件"，三岛切腹自戕，举世震惊。

今天在马込一带闲逛，经过南马込四丁目三十二番八号时，会发现铁门前的水泥墙上，镶着一块细长的铜制表札，表札上嵌着五个凸起的黑体字：三岛由纪夫。"白亚之馆"成了三岛最后的家。他在此生活了大约十年，得年四十五岁。

池 袋

　　与六本木、表参道、下北泽等标签化的小资圣地不同，在一般日本人的心目中，池袋也许并不是那种超小资的地界。但睿者自知，池袋的一部文化史就摆在那儿。

　　与新宿、涩谷并称三大都心之一，池袋站是东京都内最大的车站之一：有八条城铁（地铁）路线在此中转，每天吞吐近 300 万人，站内有上百个出口，店铺林立，恍如迷宫。传说在今天的西池袋-·丁目一带曾有过一个袋状池塘，这成了地名的由来。后池塘缩小，终被填埋，在原址附近建了一座池袋史迹公园，供人凭吊。从古时武藏国丰岛郡有"池袋村"的建制及战国时代役所的文书中也出现过"池袋"来看，至少在中世，便有了池袋的地名。明治时期，1889 年开始实行町村制，此地被划为巢鸭村。巢鸭——这个位于池袋以东，相隔仅两站地的山手线车站，旧时反而是更大的地盘，很多冠以"巢鸭""西巢鸭"的地名，其实都未必在巢鸭。著名者，如战后曾关押过东条英机等七名甲级战犯并执行了绞刑的巢鸭监狱，原来就位于东池袋三丁目，1962年被废止，原设施拆除。在上世纪七十年代的开发热潮中，原址上建起了超大型综合设施阳光大厦（Ikebukuro Sunshine City），地下四层，地上六十层，是上世纪八十年代东京都的地标性建筑。

池袋跟新宿、涩谷一样，即使在"过度开发"的东京，也是为数不多的几个有相当"质感"与"张力"的"城中城"。什么意思呢？简而言之，就是城市功能分区，合理配置，且有纵深感。如车站前是繁华的商业区，高档百货店、品牌店鳞次栉比。东口的明治通两侧，有很多小剧场和电影院，东急、东映、松竹、地球座等等，还有辈出了伊丹十三、山田洋次、役所广司等名导名角儿的舞台艺术学院。池袋演艺场坐落在一个广场上，是一座后现代风格的建筑，里面的寄席（日式说书场）是东京绝无仅有的观众可坐在榻榻米上听落语（日本曲艺，类似单口相声）的场所。1989年以来，由该地区大大小小十二座剧场、电影院于每年9月联合举办的一年一度的池袋演剧祭，堪称电影青年跳龙门的"窄门"。东口站前公园旁边的池袋温泉，天然碱性，据说对神经痛、皮肤病有特效。再往深处，是一间挨一间的小料理屋、酒吧、风俗店，平时白天很安静，当看到三三两两的上班族领结松到胸前、西装搭在肩膀上、步履跟跄的姿态时，你就要小心末班地铁的时间了——夜池袋有魅惑而危险的一面。

艺术与文化，一向是池袋的名片。从池袋站西口到山手通一带，旧地名叫长崎町，二战前曾是著名的画家村，史称"池袋蒙帕纳斯"（Ikebukuro-Montparnasse）。大正末年，随着关东大地震后的重建和铁道（即今东武东上线前身的东上铁道和今西武池袋线前身的武藏野铁道）的通车，这一带被开发，建了大片带天窗、高屋脊的房子，吸引了众多画家、艺青来此赁屋而居。除了画家，还有雕塑家、音乐家和诗人，其中颇不乏后来成大家、巨匠的名家。画家们和雕塑家们白天猫在画室里作画，晚上出来纵酒欢歌。彼时的日本，正走出"大正民主"的开放氛围，一步步陷入昭和前期的泥沼，战云密布，舆论收紧。在恶名昭著的《治安维持法》的笼罩下，"维稳"形势空前严峻，"特高"警察无处不在，连空气都充满了压抑。在这种状况下，池袋西口画家村不啻为一个另类的存在，是一群波希米亚人在"大正浪漫"的余绪中"带着镣铐的舞蹈"，是暗黑时代的"抱团取暖"。诗人、漫画家小熊秀雄在池袋美术家俱乐部第一回画展的图录中曾写道：

> 从我们的先祖开始
> 人群居而生
> 如今孤独一人，会走向灭亡
> 侃大山呀聚会呀什么的
> 兹事体大，意味深长
> 与色彩和线条相伴的画家生活
> 纵然恋爱，涂好底色才是关键

正是这位天才诗人，在1938年的一篇随笔中，偶然用了"池袋蒙帕纳斯"的表达，无意中成了这个现代艺术史上重要现象的命名者。

战后，作家野田宇太郎重访池袋，"……从新宿乘山手线在池袋站下了车，我分开像黑色漩涡似的杂沓的人群，穿过长长的地下通道，到了西口广场的前面"。看到眼前象征着经济高增长的摩天大厦林立和大厦间杂草丛生的空地，凭生时空错乱之感：

> 我朝着阔别已久的立教大学方向溜达。看到大楼的阴影中，杂草在风中摇曳，我觉得池袋到底还是一处"幻想的田园"。

所谓"幻想的田园"，是战前也曾在"池袋蒙帕纳斯"栖居过的诗人三木露风的一部诗集名。

2013 年初冬的一个下午，天气晴好。我沿着野田宇太郎的路线漫步池袋。从西口再往西走大约五分钟，见左手有条细道，入口处有一个派出所，路牌上写着"立教通"。立教大学作为"东京六大"（东大、早大、庆应、明治、法政、立教）之一，是一所历史悠久的教会学校。读日本文化人的回忆录（忘记是谁的了），说从车站到立教校园的通学路上，能看到身穿教会学校校服的立教大学和立教附中的女生花枝招展的身影，"宛如时装秀"。兴许是放寒假的缘故，路上行人寥寥，笔者竟无缘见识教会女生的时装秀，遗憾之至！

沿立教通步行七八百米，便看到立教大学的正门。跟日本所有大学一样，完全是开放式的，外人可自由出入。主楼前的广场上有两株巨大的喜玛拉雅杉树，修剪成塔形，一左一右。整饬的形状、嫩绿的针叶，在旁边火红的枫树映衬下，煞是好看。红砖

周作人曾留过学的立教大学是"东京六大"之一。

位于池袋立教通上的"夏目书房"。

结构的主楼只有二层，中间是钟楼，墙上爬满了常春藤。穿过主楼的门洞往里走，是现代风格的教学楼，虽然是钢混结构，但外墙均饰以类似红砖的装饰材料，整座校园风格高度协调。我想看一下校史展览，看一看有没有对周作人的记载，可问了俩学生，却都不得要领。碍于时间，也无法久留，于是便从自动贩售机里买了一杯热咖啡，坐在一棵大榕树下的长凳上，边喝咖啡，边想象百年前周作人在此间读书时的面影。从头顶的树上传来乌鸦的叫声，眼前的草坪上，鸽子和不知名的野鸟在悠闲地散步、觅食……我对周作人的想象也终于不得要领。

回来的路上，路过一家旧书店，店幌上写着"夏目书房"。进去一看，艺术书籍所藏颇丰，笔者所研究的竹久梦二竟有一个专柜。翻了四十分钟，购书八种，一半是梦二。其中一本梦二画集，是明治四十四年洛阳堂初版的复刻毛边本，品相堪称"完璧"。结账时，才发现店主是一位慈眉善目的老太太，戴着老花镜，坐在柜台里看书。见我买了不少竹久梦二，便问我怎么会喜欢梦二。我说我曾写过梦二的评传，分别在中国大陆和台湾出版，她更吃惊了："中国人也喜欢梦二，这真是太好了！梦二的作品，让人越看心里越静，真真是好东西……日本的文化，多来自中国，可居然就跟中国打起仗来。唉，真搞不懂……"

临走时，老太太执意送我一册印制精美的古书目录《波希米亚通信》，是 2012 年 10 月的最新版，说上头网罗了本店和分店的全部精品收藏。我一听还有分店，连忙打听所在。老太太指着目录上"波希米亚"几个字说："就在神保町。哝，就是这个店名。"这下轮到我吃惊了：因为那家位于神保町铃兰通上的"波希米亚"

位于神保町铃兰通上的"波希米亚"书店（BOHEMIAN'S GUILD）。

书店（BOHEMIAN'S GUILD），是笔者从十几年前"人在东京"时便常常光顾的艺术书店，老板是一位英俊的青年，姓樱井，跟我还交换过名片。

　　我问："樱井先生是您什么人？""我儿子，老二。"老太太答道。"原来如此。请代问他好。过一两天，我就去店里看他。"老太太一个劲儿地点头，致谢，然后走出柜台，直把我送出门外。我还礼，告别老人。待走出十米开外，再次回头挥别时，见老太太还在向我颔首致意。

下北泽

东京作为一个大都会，好就好在它有不同的表情：既有新宿、涩谷的现代繁华，又有上野、日暮里的古风质朴；既有赤坂、银座的纸醉金迷，又有御徒町、新桥的平民气质；有六本木、表参道的洋派，有日本桥、浅草的和风，有秋叶原、原宿的后现代，有神田、神保町的书卷气……而在这诸多表情中，不能不提下北泽。

下北泽的气质，一言以蔽之，就是——好文艺！到底文艺在哪儿呢？这么说吧：下北泽是演剧街，小剧场、电影院林立，一出车站，到处可见设计风格前卫的舞台剧、音乐剧海报，时而还能碰见扛着道具，戏妆都来不及卸的演剧青年、美少女；下北泽是音乐街，弹丸之地，竟有数十家爵士酒吧，身背木吉他、中提琴的艺青碰鼻子碰眼；下北泽是青春的街，幽会"热穴"（Hot Spot），连空气中都充满了荷尔蒙的味道。从时尚杂货店，到兼营旧书、旧唱片的咖啡屋，从古董店、二手服装店，到居酒屋、

"后现代共和国"下北泽

路边的地摊儿，几乎一水儿是青年人在运营、消费。不到下北泽，不知青春为何物。到了下北泽，才能体会青春不再的痛感。

凡青年人扎堆儿的地界，必是交通便捷之所。道理简单：因为年轻人没钱，穷忙，对效率有近乎严苛的要求，而下北泽再合适不过。车站月台的正上方，能看见小田急线与京王井之头线呈"X"型交叉，前者联结新宿与小田原，后者联结涩谷与吉祥寺。到新宿七分钟，到涩谷只需四分钟，在地理上，下北泽可以说是都心的中核。与池袋、新宿等超大型"城中城"不同，下北泽是一个袖珍街区。以世田谷区北泽二丁目为界，充其量只有方圆一里地（华里），借用日语的表达，是"猫额"大的地界，但却是一块超小资的飞地。除了车站南口旁边，有一幢容纳了本多剧场和世田谷区一座公立小礼堂的十二层楼宇外，绝大多数建筑只有二到三层。走在街头，觉得天际线好开阔。整个街区是步行者天国，除了偶尔有自行车叮铃驶过，连红绿灯都见不到。窄窄的马路上，到处是闲逛的男女。人们呈"之"字形，随意地穿行其间，似乎要将道路两侧的店铺"一网打尽"。不过，弹丸之地分布着大大小小一千五百余家各具特色的店铺，"一网打尽"谈何容易！

说到下北泽的店铺，不能不提"杂货屋"。说是杂货，但却不同于通常的杂货铺，实际上是精品店。首先是明亮。也不知是何种灯具，使店铺中的任何位置都能得到均匀且极亮的照明，全无死角。其次是商品摆放率性而为，爱谁谁，完全无厘头。譬如，烛台和木质小皿的旁边，是女性围巾、手套。上方的货柜上摆着几种口袋本书籍，书籍边上是唱片，而唱片的后面，立着几只木吉他……店中完全不辨方位，密集的货架中间，辟有窄窄的通道，勉强仅够两个人侧身通过，却没一条是直的，乃至收银和出口在什么位置，都需要抬头看从天花板上垂下来的指示牌确认。顾客在琳琅满目的商品中穿行，耳边传来节奏高亢、分贝却不高的流行音乐，哪怕店中只有三名顾客，也会有种拥挤、嘈杂的感觉。这实际上是一种称为"Noise"（中文中似无相对应词汇，姑且称之为"杂沓"文化）的后现代文化。几年前，著名文化学者宫泽章夫在东京大学授课，专门研究这个问题，后出了本大部头著作《Noise 文化论》[1]。他借用社会学者宫台真司的著作《梦幻的郊外》[2]中的两个概念——"安静的房间"和"杂沓的静谧"，认为"杂沓"的感觉，其实带有很强的主观性：在一个"安静的房间"里，连清嗓子的一声轻咳都会有"杂沓"感，但在周围充满噪音的环境中，即使很大的动静也不会使人感到"杂沓"，即所谓"杂沓的静谧"。前者是欧美的城市，后者是亚洲城市的感觉。因此，"杂沓"之令人感到"杂沓"，首先意味着感受者内心"理应排除"的下意识。相反，某种乍看上去不无凌乱的样态，但当它成为某种背景时，却反而使人内心有种"静"的感觉。原来，所谓"蝉噪林愈静，鸟鸣山更幽"，居然与后现代文化是相通的！

　　店铺如此，整个街区亦如此。稍往深处走，过了茶泽通，便是大片高级住宅区，闹中取静，优雅整饬。如果算上东条英机的话，此地曾先后住过三位首相（另两位是佐藤荣作和竹下登）。下北泽之为"小资重镇"，由来已久，历史可追溯至战前。因此间街

〔1〕　宫沢章夫『東京大学「ノイズ文化論」講義』（白夜書房、2007）。
〔2〕　宫台真司『まぼろしの郊外—成熟社会を生きる若者たちの行方』（朝日新聞社、2000）。

道狭窄，洋风的酒吧、咖啡屋集中，整个地区有种大沙龙的氛围。店铺多，野猫就多，荻原朔太郎曾在小说《猫町》中描绘过这里的风景。当然，如此沙龙，有多少野猫，便有多少文人骚客——不，后者也许更多——坂口安吾、横光利一、室生犀星、井上靖、田村泰次郎、一色次郎等，是这里的常客。坂口安吾年轻时曾在附近的代泽小学短暂任教，后在随笔《风与光与二十岁的我》中追述过下北泽的青春放浪。

战后初期，物资短缺，下北泽一度黑市化。上世纪五十年代初，一些店铺开始经营舶来品，并逐渐做大，形成了一种摩登的西洋范儿，成了该地区的文化标签。这种符号很吸引年轻人，于是，从七十年代初开始，大批艺青进驻，摇滚、爵士、布鲁斯等各类主题音乐酒吧先后登场。1979年，举办了首届"下北泽音乐祭"，遂固定化，下北泽成了音乐街。1982年，名演员本多一夫在车站南口创立了以自己名字命名的本多剧场，带动了周边地区的迷你剧场热，下北泽又成了演剧街。

女作家松原一枝在其著作《文人的私生活——昭和文坛交友录》中，描绘过一群"下北泽的文人们"。小说家森茉莉是明治时期文豪森鸥外的长女，战后寓居下北泽，是地方的闻人。她每天早晨必到一家叫爱丽丝的咖啡馆"报到"，且永远坐在靠近博文堂书店一侧的一张固定的台子前看报纸，《朝日》《读卖》《每日》等，逐一翻过。读完一份，并不折叠复位，接着打开另一份。女招待面无愠色，每每边拾掇报纸，边嘟囔"又得给茉莉女士擦屁股"。茉莉作家完全充耳不闻，读得专心。彼时，茉莉刚与山田珠树离婚，跟长子爵同居。据知情者透露，作家"与爵像恋人般地生活"。茉莉作为长女，幼时备受鸥外的娇宠、溺爱，性格纯真，童心未泯，终生处于世间第一"卡娃伊"女的自我幻觉中，不愿自拔。其父的著作权过期之后，她全靠写作为生，当时尚未出版《父亲的帽子》《恋人们的森林》等成名作，生活之捉襟见肘可想而知。偶有爵的朋友来访，禁不住茉莉的劝诱，在茉莉家中过夜。人钻进被窝后，见天花板上贴着一张字条，上写"一泊××元，早餐××元"，宿客大吃一惊。想起来到外面去，却听见茉莉在纸拉门外的过道上行走的声音，马上缩回去，背对着过道，待茉莉走过……后茉莉不止一次问松原一枝："你说那男的是不是对我有点那个意思呀？"令松原哭笑不得。

2012年初冬的一天，空气湿润。向晚时分，天上飘起了薄雪花，雪花落在雨伞上变成小冰凌，然后又变成了雨滴。背着沉重的提包，逛了半天，我多少有些累，便折进街角一家看上去特时尚的咖啡屋，找了个靠窗的座位。落座后发现，这是一爿咖啡兼精品兼旧书店。店中只有一位中年老板娘兼女侍在忙活，头上扎着手绢，胸前系着围裙，风姿绰约。店中精品多系摆设，只有少数几件系着价签的小物件可出售，但旧书都是商品，且品位不俗，当然价格也不菲。我惦记着晚间在新宿的约会，有些心不在焉。品完一小杯 Espresso，挑了三本旧书，两本梅棹忠夫，一本柳田国男，便埋单离去了。

出得店来，天完全黑了，路灯感觉比东京的其他地方昏暗，乃至灯下的街景有种影影绰绰的感觉。虽然下着细雪，路边的跳蚤市场却未收摊，几个头上裹着白毛巾、系围裙的青年在一面巨大的遮阳伞下吆喝着旧衣、旧唱片和古董。地摊斜对过是一家居酒屋，房檐下挂着一串印有店幌的红灯笼，透着暖意。我突然发现，这家居酒屋有些特别：比一般店家多了一圈缘廊，就像普通的民居一样。缘廊上，也零星摆放着几张炬燵[1]。靠近屋角的那张炬燵旁，坐着一对青年男女，像是情侣。男着铁灰色和服，女则一副 OL 装扮，上身穿职业西装，腿在布团里，看不见——大概穿着裙子吧。但见身穿短和服的男侍者端着托板，从屋里出来，掀开暖帘，走在缘廊上。雪白的和式袜套踩在原木地板上，发出"咚、咚、咚"的声响。然后情侣端起生啤酒杯，一句"干杯"，轻轻一撞，深饮一口。

我刚好从缘廊外经过，薄雪中看到这一幕，内心热流上涌，一时间几乎忘了所处的时空方位，眼前仿佛是一幅竹久梦二绢本着色的立轴《时雨的炬燵》，又像极了小津安二郎作品中低机位拍摄的长镜头。费了好大劲儿，我才让自己相信这是在世田谷区的下北泽。接着便朝车站大步走去。

---

〔1〕 日式小炕桌，桌面下装有取暖的热能灯，四周有布团，可盖住双腿以保暖。

武藏野（上）

如果说，北京近三十年来城市化的结果，造成了行政东移的话，那么东京城市化的历史，便是一部不断向西扩张的历史：从明治中期开始，特别是关东大地震以降，以国铁中央线为主动脉，辅之以西武、京王、小田急、东急等几条私铁线路，使开发的重心不断向西推移。用中文写作的日本作家新井一二三自称"生于中央线，长于中央线"，她在《东京迷上车——从橙色中央线出发》一书中这样写道：

> 我的人生地图上，有橙色的横线条，乃 JR 中央线轨道。我的东京是沿着这条铁路细长分布的。
> 中央线的起点是东京站，以横倒 S 字形穿过市区后，由新宿一直往西到高尾，乃总共有三十二个站的通勤路线。全长五十三点一公里，其中二十四公里（中野—立川）是用尺画的一条直线；在全日本是仅次于北海道室兰本线，

第二长的直线铁路。

在东京如毛细血管般纵横错综的城市铁路网中，确实难再找出第二条路线如中央线这般"规矩"者：橙黄色的列车从新宿、大久保到东中野，向西北方向划过一条弧线之后，便一头朝西扎去，一马平川，几乎感觉不到任何摇摆和起伏。诚不愧是当初照工程师用直尺划出的设计图"如法炮制"出的城市。

这一带是武藏野台地，位于东京西郊。所谓武藏野，即"武藏之野"，原系古时武藏国[1]的"东人"对自己所居山野的称谓。至明治初期，仍是一片广袤的原野，不规则地点缀着杂木林和新开地，间或有麇鹿、狐狸等野兽出没。《万叶集》中有诗九首，记述了此地上古时代的自然风物和恋人的相思，如：

> 多摩流水泊，晾曝手织纱；
> 之子何其美，劳思我自讶。[2]

> 占卜武藏野，烧灼鹿肩骨；
> 匿不谓人言，君名为所发。[3]

---

〔1〕　旧国名，相当于今东京、埼玉县和神奈川县东部。
〔2〕　钱稻孙译，卷十四，武藏国歌，第3373首。见《万叶集精选》（增订本），钱稻孙译，文洁若编，曾维德辑注，上海书店出版社2012年4月第1版，第269页。
〔3〕　钱稻孙译，卷十四，武藏国歌，第3374首。见《万叶集精选》（增订本），钱稻孙译，文洁若编，曾维德辑注，上海书店出版社2012年4月第1版，第269页。

武藏野，山坳野鸡飞；

那夜分手后，

再未与哥会。[1]

浮世绘中，有一类名为"武藏野图"的作品，专门表现武藏野的山野风光，如《西行物语绘卷》等。

随着江户幕府的开府，武藏野迎来了最初的开发潮：农地成片开垦，饮用水工程玉川上水和森林消防用水工程先后竣工，人工次生林逐渐取代原始杂木林，人口开始激增。至此，武藏野的自然虽然被纳入国家近代化的开发进程中，但"阡陌纵横，鸡犬之声相闻"的牧歌般的"原风景"并未被破坏。

明治二十九年（1896）秋天，自然主义作家国木田独步（1871～1908）迁居至东京郊外丰多摩郡上涩谷村，每日散策野外，以疗治因新婚妻子信子离家出走而造成的内心创伤。武藏野繁茂的森林、翠绿的茶田和农舍的水车，对作家的心灵"治愈"效果显著，两年后，出版了随笔集《武藏野》。在这部日本近代文学史上划时代的散文作品中，独步发现了武藏野的落叶林之美："据云过去的武藏野以茅草原一望无际的风景而驰名，现在的武藏野之美则是树林，树林确实堪称是武藏野的特色"；"除了武藏野之外，日本还有这样的地方么？不用说北海道的原野了，就连奈须野也没有。其他地方哪里还会有呢？树林和原野交互丛生，哪

---

[1]　赵乐甡译，卷十四，武藏国歌，第3373首。见《万叶集》，赵乐甡译，译林出版社2009年1月第1版，第621页。

无产者街区山谷紧挨着著名的花街吉原，仿佛诠释着入世与出世、飞黄腾达与坠落的流转。

儿还有这种生活与自然密切相连的所在呢？"时值近代文学革命初期，独步风格洗练的口语体不仅影响了日本人的自然观，且开创了一代文体，"改写"了明治文学的面貌。

西画家满谷国四郎（1874～1936）与独步私交甚笃，他为独步的随笔绘制插画和卷首绘，刊发在独步主导的杂志《近事画报》《战时画报》上，从此走上画坛。满谷国留下的百余幅风景速写和炭笔画，成为后人了解近代化之初武藏野"原风景"的弥足珍贵的视觉资料。

以名著《不如归》名世的基督徒社会派小说家德富芦花（1868～1927）曾长年纠结于人生的烦恼和健康问题，为此于明治四十年（1907）专程赴俄国雅斯纳亚·波良纳贵族庄园拜会列夫·托尔斯泰。托翁对他说"不能只写从书中读来的，要写从生活中生发出来的东西"，并反问他："你能当老百姓吗？"芦花大受感染，回国后便携妻爱子从都心部青山的公寓搬迁至东京西郊的千岁村粕谷——一个仅有二十六户人家的村落："距邮电局一里半，到邮筒十町[1]，至豆腐店六町"；"最近的街坊是墓地和杂木林，而活着的邻居，近的也有小一町的路"。作家制备了整套农具，开始了晴耕雨读的生活，尝试做一个"美的百姓"。其间，虽然经历了与胞兄、启蒙思想家德富苏峰的再度绝交和父亲的死，但芦花也许在武藏野的田垄林间真的觅得了始终念兹在兹的"理想乡"，反正确乎在那里度过了人生难得平稳的一段时光。

对另一位作家、自然主义的旗手田山花袋（1871～1930）来说，

---

〔1〕 町，亦写作"丁"，日本传统距离计算单位，1町约等于109米。

"武藏野的魅力比风情万种的京都郊外更有韵味"。早在国木田独步刚移居武藏野后不久，花袋便造访了这位孤独的作家，开始了二人的交游。后者在《东京的三十年》中，记录了与独步一起漫步荒原时所见到的萱草萋萋、落日余晖富士雪的自然景观，也追述了独步的死。

花袋虽然深爱武藏野，但终于未移居，而是一边与它保持一定的空间距离，一边不懈地去那里访友、散策，十年如一日地记录着武藏野的变迁。从中央线的电气化，到日俄战争后，随着景气腾升，都市化进程加速，草原林地后退，代之以成片的现代住宅……眼瞅着，武藏野从文人们"诗意地栖居"之所，成了都市化进程中的"城乡结合部"。对此，花袋内心难掩寂寞、感伤：

　　　　都会的扩张力不断地向深处侵蚀，深一点，再深一点。过去是巨大的榉木街树的地方，现在长出了气派的石砌高墙，进而是潇洒的二层小楼，在附近从未见过的漂亮的摩登太太领着可爱的孩子散步。通往停车场的路上，过去是田圃的地方，新建的商铺鳞次栉比。每天早上，西装革履的上班族们，络绎不绝。[1]

---

〔1〕 田山花袋『東京の近郊』。

武藏野（下）

当作家新井一二三说自己"生于中央线，长于中央线"的时候，想必是自豪的。她在《东京迷上车——从橙色中央线出发》中如此写道：

> 这儿就是武藏野。
>
> 今天，乘坐中央线列车往西（即富士山方向），特适于远眺。尤其在夕阳时刻，实在令人心情舒畅。因为这块土地，本来就是跟铁路同时开拓起来的。
>
> ……橙色列车一离开中野，就令人呼吸到自由的空气。若说旧市区是东京的欧洲，那么中央沿线就是东京的新大陆了。

提起中央线，确实有种"好有文化"的感觉。不仅新井作家，笔者的几位家住中央线沿线的学者、记者朋友，也都以各自栖居的小镇及其地域文化为骄傲。高圆寺、阿佐谷、荻窪、吉祥寺、三鹰、武藏境、国分寺、国立……这些古风的驿站名，每一站都是一个格调优雅的小镇，那里不仅有风味独特的料理店、居酒屋和超级小资的咖啡馆，还有古董店、小剧场、旧书店，有的镇子本身就是大学城（如一桥大学所在的国立）；伊藤整、大冈升平、外村繁、太宰治、火野苇平、恩地孝四郎、栋方志功……随手拉几个沿线作家、艺术家的名字，就连缀成一部现代文化史——这，就是武藏野的气质。

出生于阿佐谷的评论家、被称为江户学研究第一人的川本三郎把中央线沿线城市化的历史分成四个阶段，即关东大地震后的发展期、"终战"后的混乱与复兴期、东京奥运会前后的变革期，直至当下。

小说家井伏鳟二（1898～1993）在早稻田大学读书时曾去过一次荻窪，对那儿的风光景致念念不忘，遂于昭和二年（1927），索性从大学附近的下宿屋搬了过来。这一带因在关东大地震时受害较轻，故前来赁屋置业者颇多。井伏一家刚搬来时，荻窪多少尚保有牧歌的余韵：汲水的河滩上有蟾蜍；入夜，有萤火虫照明；附近的杂木林中有狸、獾出没；秋末时节，一阵寒风吹过，沙尘飞舞……可转眼间，帝都震后复兴计划及其所带动的城市化进程便改变了这一切。井伏在《荻窪风土记》中记录了这种"沧桑之变"，他不仅捕捉到社会大转型在人的心理上投射的阴影，而且以文字的形式定格了一份早期武藏野波希米亚社群的"原风景"：

> 新开地的生活总是轻松愉悦的。有人说在荻窪一带，

杉并文学馆

世田谷文学馆

即使大白天穿着睡袍在街上溜达，也不会被人从后面指指戳戳。对那些标榜贫困文青的人来说，不失为一块适土。

作为昭和初期的文坛领袖，井伏鳟二麾下弟子如云，有很强的示范效应。仅三两年的光景，周围便集合了一群作家、诗人和画家，成了一个名副其实的"文士村"（史称阿佐谷文士村）。昭和五年（1930），青森出身的文青太宰治（1909～1948）入东大法文科，慕井伏鳟二之文名，成了井伏的弟子，师生过从甚密。其间，太宰治与青森艺伎出身的前妻小山初代同居、结婚，写下了《列车》《逆行》等作品。1939年，太宰治搬到三鹰，成了一介"原稿生活者"。彼时，太宰治已与初代离婚，并与石原美知子结婚，而这桩婚姻即源自井伏鳟二的缘谈撮合，连婚礼都是恩师一手操办的——反正井伏鳟二的宅子够大，刚好成了无赖派作家婚礼的礼堂。两家相距咫尺之遥，太宰治常趿拉着木屐找恩师弈棋。前妻初代离婚之初，曾一度落脚井伏鳟二家里，可太宰治并不知情。每每听到太宰治那熟悉的木屐声由远而近，井伏鳟二总是迎上前去，并不往屋里让，貌似随意地在院子里的石凳上应酬一两局，太宰治倒也并不见怪。

按说对弟子有过知遇之恩和月下之劳双重恩泽的井伏鳟二，无论如何该称得上是"大恩人"，可在太宰治笔下，却成了"大恶人"，后者甚至不惜在遗书中"诋毁"恩师。对这桩著名的笔墨官司，究竟孰是孰非，日本文坛历来说法不一，但谴责弟子者甚众，"醉话""昏话""神经错乱"等等不一而足。唐纳德·金深爱这位无赖派作家，主张从文学本身的角度来理解太宰治的言行。他认为太宰治的感情表达异常强烈，所以总能引起读者同情，甚至同调。譬如，当他说"我们是盗贼，是稀代的偏执狂。而过去的艺术家是不杀人的，过去的艺术家也不盗窃。我等——一群根本无足挂齿小机灵鬼儿罢了"的时候，他确实是把自己也搁进去的。但对这种极度愤激的表达，读者诸君最好别太当真，因为作家本身就是一个矛盾体。正如他生前屡屡对同居的妻子或情人表示要竭尽所能，捍卫家庭，并写过小说《家庭的幸福》，但最后的结论却是"家庭的幸福是诸恶之源"。倒是井伏鳟二好人一做到底，太宰治蹈水自戕后，还担任太宰治丧仪委员会的副委员长，亲自料理弟子的丧事，也算是仁至义尽了。

作为"向死而生"、无限迷恋死亡、一生不惜五度尝试自杀的小说家，太宰治在三鹰也品尝过平静而短暂的幸福。作家故后，第二任妻子石原美知子曾著书，回忆前夫生前常从仅有三张榻榻米大小的茶间，边眺望从平坦如砥的武藏野台地的尽头慢慢下坠的夕阳，边埋头写作。正是在这里，太宰治留下了《斜阳》《人间失格》等一批重要著作。这种转瞬即逝的幸福，也定格在作家自己的作品中：

> 每天，武藏野的夕阳都好大好大。颤颤巍巍的、像滚开了似的，沉将下去。
>
> 我盘腿坐在能望见夕阳的三帖斗室，边享用粗茶淡饭，边对妻子说："我是这种男人，注定不会有出息，也成不了有钱人。但我会努力守护这个家。"那时，我忽然想起

东京八景来。[1]

可他终于没能对妻子兑现诺言。1948 年 6 月 13 日，一个豪雨之夜，太宰治携情人、战争未亡人山崎富荣服毒后蹈玉川上水自尽——在经过此前四次自杀"彩排"之后，最后一次，终获"成功"。太宰治死后，骨殖葬在三鹰车站正南方的禅林寺内——一个作家生前神往不已的场所。他的斜对过，是明治文豪森林太郎（即森鸥外）之墓。

多年后，保险公司一位女推销员大概听说过井伏鳟二与太宰治的交情，便登门拜访，并联系太宰蹈水事件，力劝井伏购买人身意外险。老作家正色道："不，我要活着。即使人家说你不行了，我也得换个姿势活下去。"果然，在才华横溢而又丑闻缠身的弟子走后，井伏鳟二又活了三十多年，得享天寿，直到送走了在武藏野"诗意地栖居"的同代和晚一辈的所有文人，才于 1993 年悠然仙逝，享年九十五岁，见证了武藏野在大正、昭和、平成三个时代的荣辱兴衰。

---

[1]　太宰治『東京八景』。

涩谷·代官山

　　与新宿、池袋并立为三大都心之一的涩谷，同样是交通便捷、四通八达之要冲，但比新宿"袖珍"，比池袋洋范儿，二十世纪七十年代以降，一向是时尚和青年亚文化的策源地。我承认，我爱涩谷，多少有"追求刺激"的成分——因为那真真是生猛的刺激，带有强烈的感官性，想拒却不易。因此，东京人对涩谷，截然分成两个极端：超喜欢的和不喜欢的。喜欢者，各有各的理由；不喜欢者，则多认为涩谷太"闹"。

　　出了山手线的八公口是站前广场，虽然并不大，却是东京最有名的广场之一，每一次选举前夕必有代议士演说，且多系重量级政治家。广播车、旗帜、传单及成群身着蓝色制服、腰间挂着警棍的警视厅警员几乎是固定的风景。广场西侧的花坛前面立有一尊狗的铜像——忠犬八公像。八公的主人叫上野，生前在涩谷一带勤务。八公每天早晨随主人到涩谷，然后独自回家。如此积习，成为条件反射，乃至上野死后，八公仍保持每天清晨往返涩谷为主人"送行"的习惯，凡此十余载，直至老衰而亡。人们感慨于狗通人性，在八公往生的前一年（1934），在涩谷站为它立了一尊等身铜像。战时，铜像被熔解制兵器。昭和二十三年（1948），虽然全社会仍困于物资匮乏，但对人性的饥渴显然更强，八公铜像率先被复原。如此，近七十年来，有八公镇守的涩谷站前广场，虽然主人上野的身影再未出现，却成了东京人的约会圣地。

涩谷是文化的"解放区"，是青年人狂欢的据点。从站前广场到车站四周辐射的大街小巷，能见到各种颜色的皮肤、眼睛和头发，"奇装异服"到全然没这个词存在的程度。圣诞节、情人节、万圣节，俊男美女成群出没；偶尔碰到"落单"的美女，会站在广场中央，举块牌子，牌子上写"Free Hug"，神情落寞。只有在涩谷，搭讪美女不仅不失礼，反而是一种当然的礼仪。2013年万圣节之夜，我与李长声、姜建强等一干旅日作家在涩谷中心区北京人钩子开的著名中餐馆喝酒。酒过三巡，别过钩子老板，准备乘晚班车各回各家。走到街上才发现，万圣节才刚开始。通往车站的路上，人群杂沓，鬓影钗光，牛头马面。小说家亦夫喝得相当"嗨"，主动与一群美女搭讪，求合影。亦夫不大会说日语，美女们从他的一笾筐话中，只听懂了"小说家"，却已发出一惊一乍的惊叹。我走过去，对美女们说："知道么？这位大叔可是邻国炙手可热的名小说家，斩获相当于贵国芥川奖的小说大奖，那是分分钟的事。今年，明年，随时听候朗报，不奇怪。"美女们更加吃惊了，竞相用日语中特有的拟声拟态词，夸张地表达"了不起""真的呀""佩服"之意。同时以小说家为核心，摆出 pose，应对我的拍摄。如此镜头，其实在涩谷相当日常。

涩谷之人气与"势能"，从著名的站前大交叉口（Scramble Cross）万头攒动的绝景中亦可见一斑。从八公广场有通往各个方向的道路，呈扇面状分布。红灯时，静默的人群面向各自的方向，蓄势待发；绿灯一亮，人流朝四面八方涌动，瞬间疏散，像泄洪似的，转眼间走光，画满斑马线的交叉口呈"中空"状态。一次信号变换，多时有三千人通过，日通过量最多达五十万人。NHK曾在一部纪录片中做过电脑模拟，证明即使是按一定程序行走的机器人，过马路时相撞的比例也不低于15%。然而，同样数量的大活人，在四十六秒的时间内，迅速移动、穿梭、交错，动作却异常精准，从来不会相撞。难怪有人把日人比作"工蜂""机器人"。

但是，在如此乌泱乌泱、熙来攘往的涩谷，却有一些秘所，不仅完全屏蔽外面的喧嚣，甚至直令你平生不知今夕何夕的错觉。在道玄坂上的巷子里，有一栋山路大厦。说是大厦，其实是只有四层的小楼。一层和二层分别是古书店。两家店同属一个会社，但经营分开：一层叫"涩谷古书中心"，二层是一间 Book Café，叫"Flying Books"。原先还有地下一层，专营美术书，但 2008 年关张了。这家古书店创业于昭和二十二年（1947），在业界赫赫有名，也是我每来东京必访的书店。店主山路茂先生，温文尔雅，无论何时去，总见他在低头阅读，对书客视而不见。但书客如有疑问，则立即放下书，走过来释疑解答，极其专业。他除了经营涩谷的两家书店，还负责著名的代官山茑屋书店的艺术类图书策划。茑屋书店的艺术文化图书一向为业界所称道，端赖山路老板的眼光。山路先生算是我间接的朋友。友人中，有不少他的书客，有的与他是定期喝酒之交。我来这家书店的年头并不长，但斩获

在涩谷站八公广场上等待"Free Hug"的女生

万圣节之夜的涩谷街头

颇夥。二楼玻璃柜中的珍藏版写真集（多为摄影家签名限定版），每每令我流连，乃至误了约会。

涩谷，不仅仅是一个町镇的概念，它还代表一种时尚符号，是生成、辐射亚文化的场域。在日本战后青年亚文化的谱系中，"涩谷系"是一个分水岭：至此，既有的那些文化特征相对固化的"族文化"（如太阳族、疯癫族、水晶族等）被打上休止符，而一种更加开放且难以归类的新范式——"系文化"（如萝莉系、秋叶原系、里原系等）开始粉墨登场，引领风骚——涩谷，与秋叶原一样，成了后现代意义上的圣地。

如果说后现代的小资们去涩谷是为狂欢的话，那么去距涩谷一箭之遥的代官山，则有种朝拜的意味。从涩谷乘东横线，仅一站，便到了代官山。代官山，位于涩谷的西南，刚好夹在涩谷、惠比寿和猿乐町之间，是涩谷区的一个町。弹丸之地，町下并无丁目的设置，常住人口还不到一千八百人。除了恬静的高级住宅区、使馆（丹麦大使馆），就是满街的时装店、洋果子店、杂货店和西餐馆、咖啡、书店——在代官山"诗意地栖居"的人有福了。

代官山寸土寸金，有限的地主，交给有理想、负责任的开发商，结果成了一流建筑师的艺术道场。开发商并不一味谋求横向发展，而是采取深耕式的经营方针，高尚社区不仅越来越便利、完善，甚至四五十年前开发的公寓，看上去仍像新建的一样。

上文提到的茑屋（TSUTAYA）书店，位于代官山 T-SITE，由三栋乳白色建筑构成。该书店由原研哉负责概念设计，内部分成"杂志街""人文·文学""设计·建筑""艺术""料理·旅行"等区域，无所不包。其杂志部门，号称有"全日本最全的艺术过刊"，电影部门标榜"没有找不到的电影"，音乐部门则有专供一人试听的小房间，"你听过和没听过的，这儿都有"。营业时间从早七点到凌晨两点，除了书刊，还有文具精品、咖啡、美食，有宠物专区，甚至附设一个小诊所（Clinic）。书店，在东京多了去了，一点不稀奇，可茑屋已然超越了一般意义上的书店，而日益成为一种场域——一种代表全新的生活方式，弥漫着时尚、自由与闲适的创意性公共空间。

唯其如此，代官山茑屋连年位列"世界最美书店"之一，确实没话说——用时下社交网络上的流行语：地球人已经不能阻止茑屋更有文化了！不仅如此，2014 年底，茑屋在浪漫的湘南海滨又开了一家新店——湘南 T-SITE，营业面积是代官山店的两倍，网罗书志亦倍增！从此，镰仓行脚又多了一个理由。

杂司谷·鬼子母神

东京最"萌"的交通工具，是百年历史的都营有轨电车荒川线。因车辆启动和制动时的提示铃声，被人们称为"叮叮电车"。萌车叮叮穿行于商店街、住宅区的"谷间"和大学的旁边，从下町横切而过，宛如江户城的一条拉链。仅看那一串站名，就足以令人梦回近世：面影桥、飞鸟山、梶原、荣町、早稻田、学习院、三轮桥……其中，杂司谷和鬼子母神前是我最喜欢的两站。

两站挨着，即使步行，也不会超过十五分钟。黄昏时分，我爱在铁轨与公路的交叉口看叮叮电车驶过。信号灯变绿，落下的横杆抬起，自行车和行人鱼贯通过。我总会在铁轨的中间稍作停顿，用手机或相机追拍远去的电车。画幅的一角是车站的亭台，亭子的上沿写着"杂司谷"或"鬼子母神前"的站名。霞蔚云蒸，残阳如血，银杏树在风中摇曳，碎金满地。那风景，有很强的超现实感、出世感，绝不是纯此界的。

出了都电杂司谷站，横穿番神通，从一个有交番（交通岗亭）

通往鬼子母神之路

的路口进去，就到了杂司谷灵园的门前。墓园位于东池袋与早稻田之间，交通极便捷，距池袋、目白、大塚、早稻田、护国寺等车站都不远。我统共去过四五次的样子，但每次都从不同的方向"链接"，从不同的大门进园，乃至连墓园到底有几个入口，至今也不甚了了。

不过也难怪，因为墓园实在是太大了——查了一下数据，居然有115400平方米！这在寸土寸金的东京山手（相当于北京的二环路）内缘，堪称奇迹。看惯了东瀛公寓团地与墓地间的"亲密接触"，对墓园全无违和、膈应的感觉。不仅如此，那些"高大上"的钢混建筑群，有时反倒令人平生某种非阳界的错觉。如摄影家荒木经惟就觉得，"摩天大楼的'山谷'间有静谧的墓地……大楼就像是巨大的墓碑。不可思议的是，我拍东京的日常风景时，那种影像看上去就像废墟。所以，我有时爱把怪兽的造型放在路面上拍。这样，废墟就变成了天国里的风景"。如此阴阳穿越的"第六感"，的确是东洋特有的文化镜像，相当日常。特别是置身于如杂司谷灵园这种特定"场域"的时候，那种穿越感还会被强化。

至今犹记得第一次走进杂司谷灵园时的感受。首先是大。作为位于副都心的墓园，杂司谷灵园之大，超出了我的想象，俨然一座灵界的大都会。除了事务管理区、宗祖堂、清流院和做法事的斋场等设施外，偌大的灵园被分割成五个墓区。园内有十字交叉的两条主干路，中央通和银杏通。每个墓区内，还分布着一些网格状的小径。整个灵园阡陌交通，井然有致，丝毫没有拥挤感。其次是绿。榉树、银杏和樱树，高低错落，满眼苍翠，浓荫蔽日。可以想象，花开时节，连缀成片的樱花像低垂的云团，云团底下，是纵横错综的石棺和碑林……那是怎样一幅美得令人窒息的超现实画面？第三是静。除了风声、鸟啼和蝉鸣，几乎听不到其他声响。偶尔，会从远处传来清脆的金属撞击声。寻声源走过去一看，是一位头扎白毛巾的中年职人，在新立的墓碑上刻字，身边还有一听刚开封的日本酒。我想，普天下，也许只有这儿的石匠是边干活边喝酒的吧。

从明治五年（1872）开始，明治政府面向现代国家建构，先后出台了自葬禁止令、火葬禁止令、墓地令等法令，规制丧葬文化，公共墓地的必要性应运而生。两年后，开设了杂司谷墓园。如果说杂司谷是一个灵界大都会的话，那么区别于凡界的最主要特征，是这个"大都会"更加"人文荟萃"。查阅灵园管理所的墓室管理档案会发现，此间的"人文"构成密度之高，简直令人咋舌：小泉八云、夏目漱石、岛村抱月、竹久梦二、泉镜花、永井荷风、东乡青儿……几乎是一部浓缩的日本近现代文化史。而一个基本没有鞭尸文化的国家，自然也不会对如东条英机一类的历史人物实施"去芜取精"。

杂司谷灵园是夏目漱石的长篇小说《心》的发生舞台。主人公"我"专程去拜访"先生"，可先生不在家，说去杂司谷扫墓了。后来"我"偶然发现，"先生"每个月都会去杂司谷，为友人兼情敌"K"扫墓，献花，令"我"觉得不可思议。于是，开始了一番索隐。漱石在小说中对灵园的风景有细致的描绘：

在墓区的分界线上，巨大的银杏树立在那儿，遮住了一线天空。走到那底下时，先生抬头望着树梢说："再等

杂司谷灵园，俨然一座灵界的大都会。

几天，会很漂亮的。树叶会变黄，然后这块地面会被金色的落叶掩埋。"先生每个月必定要从这树下经过一次。

一个世纪退去，灵园的风景依旧，仿佛连拂过银杏树梢的风声都不曾有过些许变化，只是园中多了一座偌大的石墓而已：漱石与夭折的五女雏子长眠于此。榉木环抱，石栏雕琢，有拾级而上的石阶，墓碑上刻有"文献院古道漱石居士"的法号——漱石墓，透着"国民作家"范儿，身量大得有些夸张。难怪作家野田宇太郎头一次看见漱石墓，便本能地联想到位于三鹰禅林寺的低调的森鸥外墓和多摩墓地中北原白秋的朴素的圆形坟冢，眼前居然浮现出漱石那标志性的愁眉苦脸的尊容来（可野田作家却从未见过漱石）："何其土豪趣味！非艺术的、非作家式的恶趣味。为了这座墓石的缘故，我甚至为漱石而感到可怜。"对前辈文豪的吐槽，可谓不留情面。

在杂司谷与漱石毗邻而居的，是他的两位先生，均是"老外"——在幕末以降旅日的"外人"中，论知名度，无出其右者：一位是拉斐尔·冯·坎贝尔（Raphael von Koeber，1884～1923），另一位是拉夫卡迪奥·赫恩（Lafcadio Hearn，1850～1904），日本名叫小泉八云。前者是日耳曼系俄国人，明治二十六年（1893）来日，凡二十一载；后者生于希腊，长于英法，早年在美国打拼，后归化日本，是把东洋文化推向西方的一代宗师。漱石曾在随笔《坎贝尔先生》中写道：在东大文学部，"若问人格最高洁的教授是哪一位的话，百人中的九十九人，在想到有数的几位日本教授之前，恐怕会首先答出冯·坎贝尔的名字"。明治二十三年（1890），赫恩来日，先在松江中学和熊本高校教英语，1896年起，在东大文学部教授西洋文学，凡七载。后遭同僚排挤，黯然去了早稻田大学。赫恩离开东大后，接棒执教者是夏目漱石。漱石被赫恩教授的声名压倒，感到巨大的压力，如坐针毡，甚至考虑辞职。他对妻子吐露了内心的苦衷：

> 小泉先生是英文学界的泰斗，作为文豪也是名震世界的存在。自己这种初出茅庐的书生，尽管勉强忝列其位，毕竟难写出漂亮的讲义，也断难令学生们满足。

至此，漱石的神经衰弱症更厉害了，不久即与妻子分居。四年后，终于辞去教职，入《朝日新闻》社，改行当起了新闻记者。

明治四十四年（1911），漱石与安倍能成[1]一道，应邀赴坎贝尔教授的宴请。席上，漱石问坎贝尔对赫恩教授的看法。漱石原本在心里做好了聆听一番高屋建瓴的"八云论"的打算，不承想，坎氏竟轻蔑地吐了句"He was abnormal"（他变态），令漱石大吃一惊。在坎氏看来，赫恩逸出了西方本位的学问体系的"常轨"，向东洋学问中"探头探脑"。作为西方学者，这种姿态是"有问题"的。坎贝尔的理想是古希腊，而赫恩的母亲是希腊人，他早年也对希腊颇神往，但却不谙希腊文——此构成了坎氏轻蔑的第一层。其次，赫恩娶日女为妻，甚至不惜"悍然"归化，在当

---

〔1〕 安倍能成（Yoshishige Abe，1883~1966），日本哲学家、教育家、政治家。生于爱媛县松山市，毕业于东京帝国大学哲学科。历任法政大学教授、京城帝国大学教授、第一高等学校校长、学习院院长、贵族院议员、文部大臣等职。

时旅日的西方人圈子里，被视为"异端者"。对其"出位"的行止（指娶日妻并归化），圈内流行的说法是"Hearn went native"（赫恩归了土人）。

坎氏真不愧是铁杆的西方文化本位主义者，旅日逾二十载，不仅不说一句日语，长居东京，甚至不愿外出散步，因为他理想的散步道是慕尼黑郊外。他甚至不承认自己是俄国人，认为自己本来的"精神归属"是"母语"——日耳曼语，祖国是"俄罗斯中的德意志"。如此西方本位论者，到头来却埋骨东洋，要说也够憋屈、够讽刺的。因此，坎贝尔墓是东正教范儿的，冢上立着十字架，墓碑上找不到一个汉字或假名。

而赫恩墓，则是和风造型：天然石做成的墓碑上，刻有隶书"小泉八云之墓"；碑的右侧，镌刻着他皈依佛教后的诫名"正觉院殿净华八云居士"；墓前是圆石，石上开有放置供奉物的凹槽。旁边同样风格的墓碑稍矮，是夫人节子的墓。野田宇太郎说，杂司谷灵园中，唯小泉八云墓，最令人"内心踏实"。

离杂司谷一箭之遥的鬼子母神，是日莲宗信者敬拜的守护神。鬼子母原是可怕的夜叉，从梵文的读音，写作诃梨帝母。她自己生过一千个孩子，却爱抢别人的孩子，抢来就吃掉。佛陀为了惩戒其恶行，便把她所生的最后一个孩子爱奴偷偷藏了起来。鬼子母到底是母亲，自己的孩子不见了，发疯似的四处寻找，遍寻不得而陷入悲苦。佛陀见状，便谆谆告诫鬼子母，让她发誓戒除恶行。后来，鬼子母果然洗心革面，回归了善良的母性。基于这种传说，鬼子母成了保佑妇人安产和夫妇和合的神灵，其怀抱一儿和一只石榴果的造像姿容端丽，富态安详。杂司谷的鬼子母神堂由日莲宗的古刹法明寺运营，据说极其灵验，故拜者甚众。

至于灵验与否，我倒没试过，也无从尝试，但神堂前有棵神树——"鬼子母神公孙树"，看那树的样态和树龄，由不得你不信：树围八米，树高逾三十米，巨大的树冠形象地诠释了什么叫"遮天蔽日"。公孙树，亦称银杏树，原产于中国，最初由遣唐使带回，得以在东土繁衍。此树据说是应永年间（1394～1428）由僧人日宥栽种，树龄在六百年以上，古来有所谓"子授银杏"之称。据户张苗坚在《枦枫》中的记载，出现妇人们连手抱树（指鬼子母神公孙树），并为树拉注连绳[1]的光景，大约是在文正年间（1818～1829），距今差不多也有百年了。毋庸讳言，在"富国强兵"的时代，它曾护佑了多少"大和抚子"[2]的"多子多福"，而在高龄少子化的今天，这棵树王无疑是更见宝贝了。

〔1〕　指在某些神圣场所，为防止不净物的侵入，拉绳隔离。
〔2〕　日本女性的别称。

本乡・小石川（上）

乘地铁丸之内线在本乡三丁目站下车，从本乡通方向出站，往左一拐就是本乡三丁目的十字路口。十字路口的西南角上，有家叫"兼康"（Kaneyasu）的杂货铺，是一间四百年老店。初代店主兼康祐悦原是京都的口中医（即现代的牙医），在德川家康入府江户时，移居江户，开了一爿诊所。元禄年间，兼康开发了一种名叫"乳香散"的牙粉，大卖特卖，遂将诊所扩建为一间化妆品店。

享保十五年（1730），江户城罹大火，损失惨重。复兴重建之际，出于防灾考量，町奉行（大冈越前守）规定，兼康一线以南，奖励灰泥造屋，禁用茅草葺顶，一律改瓦屋脊。于是，江户城栉比的房屋，清一色是瓦葺屋脊，一直绵延至本乡，过了兼康向北，才见茅草葺顶。今天，兼康店正面的门柱上，镶嵌着江户时代的著名川柳，大意是"江户也就到本乡兼康了"[1]，道出了江户人心中的江户城的边界——

---

〔1〕 原文为"本郷もかねやすまでは江戸のうち"。

最北到兼康为止，兼康的土藏是象征江户繁荣的地标。明治年间，住在驹込林町的法师高村光云（现代诗人高村光太郎之父），管去神田、日本桥方面，叫做"去一趟江户"。

本乡，这个古风的地名，最早出现于战国时代。室町时代，在武藏野的荒村汤岛乡一带，出现了一些聚落，始称"本乡"。德川家康入主江户以后，城市急速扩张，本乡、根津、汤岛、驹込等街区连城一片，明治十一年（1878），设立本乡区，是东京市的十五个区之一。昭和二十二年（1947），与临近的小石川区合并，改称文京区。顾名思义，"文之京"（fuminomiyako），是大东京的所谓"文教之府"。"文教"云云，主要是指周边的汤岛天神、神田明神、汤岛圣堂、东京大学等宗教文化设施和星罗棋布的古书店。

江户时代，《论语》中的文言典故是庶民的常识。学者诸桥辙次在《中国古典名言事典》中讲过一个段子，说有个小偷潜入儒者之家行窃，被当场逮住。儒者先晓之以"仁"，"如此恶事，岂可犯乎"？然后随手掏了一把碎银子一并给了偷儿。可小偷数了数，不屑地吐了句槽："鲜银矣。"偷儿显然是把"巧言令色鲜矣仁"的典故做了一番引申，抱怨儒者给得忒少——日文中，"银"与"仁"谐音。

日本儒学的总本山，是 JR 御茶之水站旁边的汤岛圣堂。原先的孔庙位于今天上野公园内的忍冈，那里曾是幕府三代将军德川家光赐予大儒林罗山的封地。林罗山先建学寮，后尾张的德川义直又为林家建了孔庙。元禄三年（1690），热心儒学的五代将军德川纲吉将孔庙从上野迁到汤岛，并置于幕府直辖之下，年底落成时，纲吉挥毫题匾"大成殿"，原先祭在忍冈庙里的孔子像也被请进新殿。在祭祀孔子及其门人的同时，这里也成为儒学者为诸臣讲授经书的儒学最高养成机构——此乃汤岛圣堂的来历。

后幕府又在圣堂西侧新建了一处学问所，作为以将军直辖的武士和诸藩藩士为对象的儒学养成所。学问所建在一个坡上，称昌平坂学问所。"昌平"者，盖源自孔子出生地（鲁国陬邑昌平乡）的传说。明治改元后，昌平坂学问所改称大学，即今天东京大学的前身。其旧址，大致位于今东京医齿科大学和顺天堂医院的所在地，距东大本乡校区只一箭之遥。木造的汤岛圣堂在关东大地震中烧毁，昭和十年（1935），模仿宽政时期的样式重建，即我们今天看到的钢混结构的圣堂。

作家木下顺二本乡生本乡长，除了少时曾随父回乡里熊本隐居十年外，一生中从未离开过本乡。但他对本乡的眷恋，有时竟连自己也说不清："不仅是旅行的时候，在东京都内外出时，一回到本乡的地界，不知为什么，内心总有种踏实感。"[1]如此踏实感，其实对很多文人来说，是共通的。这种共通的东西，既与空间有关，但并不依赖于空间，说白了，就是一种文化的因缘，是某种历史文化要素，在特定场域中持续发酵，酿造而成的"气场"。用建筑学者阵内秀信的学术术语，叫做"空间人类学"，类似于美学中的"通感"。按说，东京的街道和古建筑，经历了关东大地震和东京大空袭的两次毁灭，又经过高度增长期粗暴的开发，原装古董其实已有限。但是，"即使古建筑没有了，在那个场所、那个空间中，也还

---

〔1〕 木下顺二『本郷』（講談社文芸文庫、1988）、7頁。

有古老的好的东西存在着，'在历史中形成的独特氛围'还存在着。正是从这里，产生了'空间人类学'的思考方法"。[1]

本乡和小石川，正是这种"空间人类学"意义上的场所。更何况，历史遗迹并未完全湮灭于时间的废墟，仍被大量保存了下来，而且有些设施的物理形态还相当完好。因此，当你徜徉在本乡的街头，会遭遇种种刺激和撩拨，历史的、学问的和文艺的，薮下通、团子坂、根津神社、菊坂、弥生町、西片町，芭蕉、鸥外、漱石、八云、一叶、梦二、荷风、鲁迅、秋声……不知怎的，历史在这儿交汇或交错的密度特别高。有时，实在的人物和虚构的角色甚至会混搭、穿越。

明治三十六年（1903）至三十九年（1906），夏目漱石在位于当时本乡区驹达千驮木町的友人斋藤阿具家赁屋而居，在那儿创作了传世名作《我是猫》。书中的登场人物（水岛）寒月君的原形，是漱石的门生，物理学者、随笔家寺田寅彦。因了漱石的大作，千驮木町（现在的向丘二丁目）的斋藤家被称为"猫宅"。而猫宅的前房客，是森鸥外。后此宅被移建至爱知县犬山市的野外博物馆明治村中，供人观瞻。

漱石写完《我是猫》后，即搬到本乡西片町的一处下宿屋（西片町十番地吕字七号）。这套"不带浴室，租金二十七元，颇贵"的下宿屋，就是小说《三四郎》中，主人公为帮广田先生搬家而造访，不期与美祢子邂逅的"西片町的家"。漱石在这个家住了一年多，写了《虞美人草》等几篇小说，于翌年（1907）9月复

---

〔1〕　陣内秀信『東京の空間人類学』（ちくま学芸文庫、2013）、328頁。

迁居至新宿区早稻田南町。不承想,东洋文豪前脚搬走,另一位文豪后脚就搬了进去。不过,这位文豪当时还只是一介文青,距离成名少说也还有十年的等待。

1906 年 3 月,中国留学生周树人挥别恩师藤野严九郎先生,从东北地方的仙台回到东京,在本乡一带辗转两处下宿屋(伏见馆和中越馆)之后,于 1908 年 4 月,与弟弟周作人和同乡许寿裳等四人一块儿搬进了"西片町的家"。房子好像是许寿裳找的,因五人合住,命名为"伍舍"。房租三十五元,每人负担七元。周作人在《知堂回忆录》中写道:

> 我们是一九〇八年四月八日迁去的,因为那天还下大雪,因此日子便记住了。那房子的确不错,也是曲尺形的,南向两间,西向两间,都是一大一小,即十席与六席,拐角处为门口是两席,另外还有厨房浴室和下房一间。[1]

据此可知,从漱石搬走后,到周氏兄弟迁入前,有半年多的空巢期,房东很可能利用这段时间重新装修了房子,改造了浴室,所以房租也见涨了。周氏哥俩白天溜达着去位于小石川区新小町的民报社听章太炎讲《说文》,晚上回来编《河南》《新生》等文艺杂志,翻译东欧文学,不久出版了《域外小说集》。周作人开始学希腊文,似乎也在这个时期。

在漱石的小说《三四郎》中,三四郎在东大赤门前的洋食堂"青

---

[1] 周作人:《周作人回忆录》,湖南人民出版社 1982 年 1 月第 1 版,203 页。

东大正门斜对过，有一爿名为"心"（こころ）的咖啡，店匾想必是漱石的挥毫。

木堂"与广田先生偶然再会。其实，那儿压根是漱石自个儿钟情的店家，炼羊羹是最爱。而对中国留学生周树人来说，虽然囊中羞涩，可到底是绍兴出身、嗜甜食如命的主儿，偶尔进去坐一会儿，叫一杯牛奶果子露，是何等的享受！

　　我喜欢在天气晴好之日，从本乡三丁目，沿着本乡通由南向北"扫街"，扫过路旁二十来家旧书店和古董店，想进哪家进哪家，有一搭无一搭，漫无目标。但每次必入者只一家：东大正门斜对过，有一爿名为"心"[1]的咖啡，店匾想必是漱石的挥毫。店中冷清，最多时，也不多于两三位客人。从收音机中传来曼妙的音乐或谈话节目，但声音调得很低，老板娘永远在门口的座位上读报。除了墙上的大正时期老海报，再没有多余的装饰。火车座、小方桌，连房间也是长方形车厢状，有种昭和前期怀旧的调子。我一般是把这家店当成中途歇脚的地方，找个最里面的靠墙座位，整理一路购买的新旧书和各种展览图录、门票，喝两杯以上的冰水，然后上一次洗手间。当然，咖啡是必点的：翻开只有两页纸的 MENU，点一杯"漱石"热咖。

　　喝完咖啡，做完该做的事，便拿起账单向外走。因店中没人，实在是太安静，唯恐吓着专心读报的老太太，每每在快到门口时轻咳一声。结账时，确认了一下金额：五百日元（含税）。好久没去"心"了，消费税上调后，也不知"漱石"热咖的价格变了没有。爱读《每日新闻》的老板娘，别来无恙乎？

---

〔1〕　牌匾上的原文为"こころ"。

本乡·小石川（下）

文京区的本乡，是东京仅次于神保町、早稻田的古书店街，有大约二十五家旧书店。如果加上毗邻的根津、本驹込周边和音羽、茗荷谷周边书店的话，则有不下四十家，超过早稻田，仅次于神保町。因本乡和根津—本驹込、音羽—茗荷谷这三个街区均隶属于文京区，习惯上，称之为文京区古书店。三个街区基本上以东京大学为中心，呈正三角形分布（权且称"书三角"），随便去其中的一家，可免费索取文京区古书店的地图。

文京区作为"文之京"，学问的历史很长。昔水户藩主德川光圀（水户黄门）命设于小石川的水户藩邸内的彰考馆编纂《大日本史》，中间彰考馆迁移至水户，但编纂事业却始终未曾中断。至明治三十九年（1906），全书三百九十七卷完成，整个修史工程持续了二百五十年。由水户藩倡导的水户学，在幕末时期对全国志士产生了绝大的影响，水户藩成为明治维新的思想发生器。

位于小石川传通院前的雁金屋，以传通院的僧侣为主顾，是江户时代最古老的古书店之一，其发行的古书目录，被认为是古书通信贩售的嚆矢。现本乡古书店最集中的本乡六丁目一带（旧森川町），因近东大的缘故，早在明治初期就形成了古书店街。随着明治二十二年（1889）东海道线的开通，翌年（1890）初开始，古书店开始发行图书目录，至今已有近一百三十年的历史。大正八年（1919），推理小说大家江户川乱步曾在本乡团子坂开过一家旧书店，由兄弟三人经营，叫"三人书房"。可惜经营业绩欠佳，开业仅一年多就关张了事。不过，关张归关张，三人书房却成了乱步的传世名作《D坂杀人事件》的舞台，也可谓修成了"正果"。

文京区的古书店，历史既长，故事亦多。作家高见顺在其回忆录《昭和文学盛衰史》中，曾描绘过一家古书店"南天堂"：

> 松冈虎王麿——一个有趣的名字，至今难忘。这个松冈虎王麿经营的叫做南天堂的书店的二楼是餐馆，也是包括 *DAMUDAMU* 杂志同仁在内的达达主义者、无政府主义者的聚会场所。还是学生的我，有时装成达达主义者，沿着南天堂的楼梯爬上二楼一窥究竟。入夜，在常客中间一定会有吵架，甚至发展成夸张的斗殴。

达达主义诗人、艺术家，如荻原恭次郎、冈本润、小野十三郎、野村吉哉、壶井繁治等，还有年轻貌美的女文青林芙美子，每每闹到泥醉而归。而林正是通过与这群人的交往，才走上了女流作家的道路。据松冈老板自己的回忆：

林芙美子来的时候，穿着纯棉的时装。她喜欢喝大酒，喝多少都没个够，但似乎总有人给埋单。有一回她喝醉了，见人就说："给我五毛钱，我就让你亲一口。"可真够能折腾的……

如果说，达达主义艺术家和诗人们的彻夜酗酒胡闹还只是反映了时代的普遍苦闷，尚无伤大雅的话，那么大正十三年（1924）9月的一个事件，则让所有人都傻了眼：一位也是南天堂二楼熟客的无政府主义者和田久太郎，刺杀陆军大将福田雅太郎未遂，当场被捕。和田对前一年趁关东大地震的混乱之机，宪兵大尉甘粕正彦虐杀无政府主义者大杉荣夫妇的事件感到震惊和愤怒，遂伺机报复。而当时的戒严司令官，正是福田雅太郎。南天堂原本是无政府主义者的沙龙，后来又出现了国家社会主义者如高畠素之等人的渗透，一时间，像梁山泊似的，成了各派势力角力的道场，折射了大正、昭和时期文化思想史的一个鲜为人知的侧面。

南天堂书店今天仍坐落在都营三田线的白山站附近，但早已易主，除了店名外，与松冈南天堂已无甚关联了。

大致说来，与神保町和早稻田相比，包括本乡书街在内的文京区古书店更加专业化、学术化，书价也略贵一筹。但如果你要寻找建筑、法律、佛教、心理、医学、古代美术和科学史等方面的专业书籍的话，那么这个"书三角"的重要性是不言而喻的。尽管我非学术中人，趣味一向在人文、历史和艺术，但"书三角"仍不会令我失望。本乡三丁目车站旁边的大学堂书店，像极了早稲田书街面向大学生的旧书店，新刊行本颇多，却比新书店便宜，每次去必有斩获；柏林社的美术书和画册，与神保町的美术系很互补；阿卡狄亚（Arkadia）书房[1]的海外版摄影集，总有意想不到的惊喜；创业于明治八年（1875）的琳琅阁书店，中国古籍感觉上比神保町的东方书店和内山书店加起来还要多。

书家止庵先生经年搜求周作人著作的日译本。八种著作中，唯《中国新文学之源流》一册，得来颇费周章：

> 我见神保町一家书店的书目中有此书，索价一万四千七百日元，找到地址发现系事务所，无店面。及至打算托人邮购，却已经售出了。去年 11 月去东京，住在本乡的旅馆，出外散步，路过琳琅阁书店，一看店内架上就有这本，价二千一百日元。[2]

应该是差不多同一个时期，我也去过一次琳琅阁，记得买了一本台湾版《近代中日关系研究论集》（彭泽周著，艺文印书馆1978 年 10 月初版），书价五千日元。

在位于本乡西侧，离东大本乡校区只有一箭之遥的音羽、茗荷谷书街上，有一家土木建筑都市文化古书店"港屋书店"——这个竹久梦二范儿的店名，起初让我误以为是一家小清新的艺术书店。书店位于大塚三丁目附近的一座公寓内，大约以前也有过

---

[1]　即"アルカディア書房"。
[2]　止庵：《藏周著日译本记》，陈晓维编：《买书记历——三十九位爱书人的集体回忆》，中华书局 2014 年 10 月版。

实体店面，但不景气之下，经营规模收缩，目前只开网店。这家店关于建筑史和都市史的专业化程度，到了令人惊叹的地步，特别是关于"满蒙"、朝鲜、桦太、台湾等前日本殖民地开发的历史资料，说足以支撑一座专业博物馆，真不是夸张。我在"书三角"购书不多，可能连神保町的百分之一都不到，但却有过相当"豪奢"的大手笔：2013 年 10 月，我从港屋书店购得一册中文书《旧都文物略》。八开精装本，皮面流苏装订。版权页上写着："中华民国二十四年十二月出版，北平市政府秘书处编著，北平故宫印刷所印制，北平市政府第一科发行。"

我在日本买书基本没有开收据的习惯，但这本大书，特意让店家开了收据，票面金额为四万两千日元。在个人的藏书中，虽然不是最贵的，却已然超出了我的心理承受极限，属于"激情消费"行动。但"激情"了一把之后，老板大约以为我是这方面的专业藏家，开始给我寄赠名为《CONSTRUCTION——建筑土木史和都市消费》的私家版古书目录，每本五百余页，前六十页为铜版纸插页，全是图片，其本身就是珍贵的都市建筑史资料。虽然是简装本，但印制精美，成本不菲，定价仅五百日元。购《旧都文物略》是两年前的事，我却先后收到了中村一也老板寄赠的五册目录，编号分别为 No.53、No.54、No.55、No.56 和 No.57。看样子，我还将受赠下去。

早稻田·神乐坂（上）

　　乘山手线在高田马场站下车，出早稻田口，沿早稻田通一路往东，过了早稻田松竹剧场、明治通，过了"一风堂"拉面馆，再往前，就是早大校园了。因交通便捷，离早大和书街仅一箭之遥，近代以来，一向是文人骚客的扎堆之地：太宰治、志贺直哉、江户川乱步、岛村抱月等，都曾在这一带赁屋而居；乱步生前经营的下宿屋犹在，产权关系却几经变迁，现在是三菱矿业水泥公司的社员寮；夏目坂上，有夏目漱石生诞之地的石碑和漱石山房；鹤卷町，是艺青竹久梦二与发妻他万喜最初创业的纸品店"鹤屋"的所在地……随便一棵古树、一块天然石，甚至一块木牌，都需特别小心，弄不好，就会与历史擦肩而过。

　　早稻田通是东京仅次于神保町的第二大书街，古书店的密度比东大附近的本乡—小石川书街还要大，盛期时有四十家，目前还剩三十多家，其中不乏百年老店。每月第一个水曜日（星期三）到土曜日（星期六）的四天，在高田马场站旁边西武 BIG BOX 前的广场上，举行"古书感谢市"，书客如织。早稻田书街因大学生多，旧书的价格明显比神保町和本乡便宜，但大部分店家只能现金支付，不利于大宗买卖。因早大的关系，此间的古书店比较侧重近现代文学、演剧、电影、前卫艺术、现代史和日本殖民地史等方面的收藏，有些书籍是神保町所没有的。我自己因多年来一直在神保町购书，按说已难有余力在此消费，但近年来所购的几种，如《无赖文学词典》、寺山修司的《青女论》和日共秘史方面的著作，都不是能在神保町轻易入手的斩获。

古时新宿附近的牛込村一带，有大片水田，丰年产早稻，凶年改旱田。田圃的周围，点缀着农舍，村名就叫做"早稻田"。江户中期以后，町屋增加，连缀成片，町镇渐次发展起来，村名遂成了町名——早稻田。早稻田原本是相当世俗的下町，跟文艺并不搭界。庶民的代步工具——有轨电车荒川线，在神田川畔"叮叮"跑了一个多世纪，仍未冲淡那浓浓的下町情绪。随着大隈重信创设早稻田专门学校（早稻田大学前身），早大周边又出现了早稻田实业高校、早稻田高校等学校，古书店、饮食店骤增。今天，以早稻田本部（早稻田校区）为中心，早大文学部所在的户山校区、理工学部所在的西早稻田校区、早稻田校区和西早稻田校区之间的学习院女子大学及位于其北侧的日本女子大学、户山校区南侧的东京女子医科大学等，学府林立，这带早已成了学园区。除了学校，就是面向师生的新旧书店、印刷作坊、居酒屋和不动产中介。走在街上，不同时期，人流多寡判然有别：暑假和春假期间，人明显见少。连有些饮食店，也跟着大学的节奏走，开学时开张，放假即打烊。

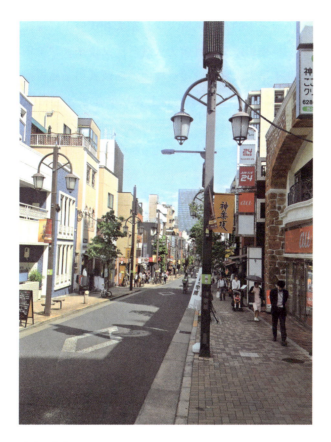

神乐坂街景

但是，如果在大东京找出一个最文艺之地的话，非早稻田莫属！这自然与早大有关。关于芥川奖得主出身校的统计中，早大稳居第一（前三中的其他两所大学是东大和庆应）。现代文学史上有所谓"早稻田派"，且蔚为大观。广义说来，"早稻田派"指那些毕业于早大文科，曾接受坪内逍遥及其弟子岛村抱月的指导，从文学志《早稻田文学》登上文坛的作家。明治三十九年（1906），逍遥和抱月创立"早稻田派"的文艺协会，三年后又创设演剧研究所，致力于从"素人"养成男女演员。1911年，在刚开张的帝国剧场上演了易卜生的《玩偶之家》，女主角娜拉的扮演者松井须磨子一跃成为人气女优，一代人的偶像。

逍遥是新剧运动的倡导者，同时是数一数二的莎士比亚专家，以一己之力迻译莎翁全集四十卷。他主张在日本传统歌舞伎之树上，嫁接莎士比亚的要素，从而摸索"新国剧"的道路，且实际创作并上演了"新舞踊剧"，令观众耳目一新。但逍遥的创作理念与以岛村抱月为代表的新锐演剧青年追求纯粹"近代剧"的戏剧观念发生了冲突，加上抱月与须磨子的不伦之恋，搅动了舆论的一池春水，大正二年（1913），文艺协会宣布解散。

1928年，逍遥在古稀之年，终于完成了莎翁全集四十卷日译的生命工程。以此为契机，文艺界数千人捐资，建立了演剧博物馆，以纪念这位日本近代戏剧的先驱。演博占地四百五十三坪[1]，共四层。根据逍遥博士本人的建议，设计成莎士比亚时代小剧场（Fortune）的造型：异国风白色建筑的正面，相当于舞台；里头

---

〔1〕　1 坪 ≈ 3.3m²。

位于早稻田大学校园内的演剧博物馆

的陈列室，相当于后台；二楼的走廊，是上舞台；建筑的两翼，是栈敷（即用木板搭建的临时舞台）；前庭为一般大众席。为了适应上演莎翁剧目的需要（事实上，也多次上演），前舞台与后舞台（一楼走廊）之间采用折叠门；上舞台的门也做成可灵活开放的样式。昭和三年（1928）8月，演博落成。因就在早大校园内，理事会委托早稻田大学经营。作为公益机构，不收门票，任何人均可免费参观。1935年，逍遥辞世，享年七十七岁，毕生收藏的图书和什器，悉数捐赠演博。我每次去早大，必参观演博。走在吱呀作响的栗色木地板上，一部东洋近代文艺史在脑海中闪回。

在早大的东南方，弁天町与榎町之间甬道的南边，有一所寺庙——真言宗多闻院。多闻院后面的墓园中，有一处坟冢，墓碑上刻着"贞祥院实应须磨大姊"的谥号——此乃小林正子（艺名为松井须磨子）的分骨之墓。当初，岛村抱月与人妻女优须磨子的情事，在报纸上被炒得沸沸扬扬。抱月离家出走，与须磨子共筑爱巢。同时，不惜与恩师逍遥决裂，离开文艺协会演剧研究所，携须磨子另组"艺术座"，继续开辟新剧的道路。但在舆论、道德和经济的三重重压下，抱月难掩疲惫，1918年11月5日，死于西班牙流感。两个月后（1919年1月5日），须磨子追随而去——在"艺术座"的道具屋自缢，一代女优香销玉殒。须磨子死前留下遗书，望与抱月合葬，却遭到从抱月夫人到逍遥前辈的合力反对而未果，孤独葬身多闻院。后有人多事，感念须磨子与抱月轰轰烈烈的一场真爱，在寺中通往墓园的石漫小径的旁边，立了一块四尺见方的黑色天然石，刻了五个字："艺术比翼冢"，以缅怀这对文艺鸳鸯。

早稻田·神乐坂（下）

据江户后期天保年间刊行的《江户名所图绘》（卷之四）记述，今早大西南，早稻田通的南侧，有一处叫高田穴八幡的旅所，镇座着穴八幡神社。平安时代后期，康平五年（1062），武将源义家（八幡太郎）从奥州凯旋途中，收纳刀和铠甲于此地，祭祀八幡神。后德川第三代将军德川家光将八幡宫作为幕府的祈愿所和江户城北的总镇守。每年春秋祭礼时，神舆[1]通过，神乐奏起，乐声直传到神社东边的坡下。游街的人们抬着神舆，木制的神舆很重，上坡时，和着神乐的节奏，会轻松不少。这个响彻神乐的坡道，便是神乐坂。

如果在东京找出一个像京都那样的地界的话，非神乐坂莫属。都（东京都）与京（京都），不仅代表两种文化，而且是两种地理。虽然都是国际大都会，但东京的象征是四通八达的电车、高耸入

---

〔1〕 祭神时，在木制架子上安放神的牌位，然后由众人抬着游街的神轿。

云的高层建筑、天空树（Sky Tree）；而京都的象征，其实并非如观光客所想象的那样，是无处不在的寺庙和神社（这两样日本到处都有），而是如毛细血管般遍布的巷陌和巷子深处的，建筑物之间狭窄、细长的路地（日文，甬道的意思）。正是在这个意义上，神乐坂宛如小京都。

黄昏时分，从身后传来漆木屐[1]踏在石板小径上的"哒哒"声。惊回首，一位云鬟高盘的艺伎走近。路地太窄，你闪在路边，让她先过。她迈着"大和抚子"穿和服时特有的小碎步，到离你还有两米距离的时候，朝你颔首行礼，然后从你面前袅娜而过，有如小细浪漫过沙滩。当你遭遇这一幕的时候，莫吃惊，这就是神乐坂了。从明治到大正期，神乐坂是东京有数的花街之一，其隆盛远在银座和日本桥之前。路地深处的料亭，至今保有正式画押签约的艺伎，是东京少有的几个会让你的判断发生"时代错误"的地界之一。田中角荣的情人辻和子，就是前神乐坂的艺伎出身，为角荣生了两子一女。

另一个与角荣有关的神乐坂事情，事关交通。因此地路窄店多人稠密，又是都心之地，战后，随着经济高增长期交通量的陡增，屡屡大塞车。1958年，市政管理部门改为"逆转式"单行线，即上午是从坂上（早稻田方面）到坂下（饭田桥方面）单向通行；下午则反之，从坂下到坂上，严禁逆行。如此"逆转式"通行管制，在全日本都属特例。据说，这种交通管制措施的导入亦与角荣有关，说是为了方便田中上午从位于目白台的宅邸出发，去永田町

---

[1]　少女和艺伎着和服时穿的一种木屐，日文写作"木履"。

作者访问新潮社。

勤务，午后归宅。此说源于东京的哥的口耳相传，既无法证实，也无法证伪，算是一种都市传说吧。但这种管制方式，却一路延续了下来。

既然是花街，一准少不了文人——"神乐坂文士"正是地域文化的粘合剂，是播种机，是路地上铺装成扇形的青石板，是山毛榉街树……是凡此种种的总和。明治、大正年间，尾崎红叶、泉镜花、北原白秋、岛村抱月等文士，先后在此赁屋而居。明治二十四年（1891）2月，从东京帝大中退后，尾崎红叶入职读卖新闻社，移居神乐坂，租下横寺町鸟居家的母屋，自取"十千万堂"的堂号，开始用一种文白一致的文体创作，写了小说《二人女房》。这种把文言口语化的雅俗折中的尝试，可谓开风气之先，大受推崇。红叶一发不可收拾，又连续推出了《心之黯》《青葡萄》《多情多很》和未完成的《金色夜叉》等作品，一跃成为流行作家。

同年10月，十九岁的北陆文学青年泉镜花进京，拜访文坛先进红叶，畅叙文艺之志，深得红叶嘉许。翌日起，无名文青搬进"十千万堂"，成了红叶家的玄关番（日文，指借住楼下，兼行使看门人之责的房客），一住三年半。如今，红叶和镜花的旧居遗迹处立了一块牌子，供人缅怀。"十千万堂"对面的院落还在，板墙内的老梅树依旧茂盛，冬天开满白梅花，跟红叶和镜花当年隔墙欣赏过的一样。

镜花出身微寒，十岁丧母。1899年，在红叶主持的文学团体"砚友会"的新年宴会上，神乐坂若可莱旅馆的美貌艺伎桃太郎应邀前来助兴。桃太郎原名伊藤铃，竟与镜花的母亲同名。这或许是偶然的机缘巧合，激起了镜花巨大的内心波澜，旋即坠入爱河。

1903 年 3 月，31 岁的镜花通过朋友筹措了一笔钱，为桃太郎赎身，然后二人在神乐坂二丁目二番地共筑爱巢。仅一个月后，被红叶知会，演出了"棒打鸳鸯"的一幕：镜花遭恩师呵斥，铃不得不离开镜花。一对鸳鸯重新筑巢，是在红叶殁后——终于离开神乐坂，去了逗子。后来，事件的背景被镜花写进了小说中（《汤岛诣》《妇系图》）。

文人多恋物，作家、艺术家的扎堆之地，必有洗练的店家——这方面，神乐坂真是当仁不让，从夏目漱石生前常去的文具店相马屋源四郎商店，到约翰·列侬携小野洋子吃鳗鱼饭的老铺巽屋（TATSUMIYA），不一而足。相马屋是一家百年老店，起初只卖和纸制的原稿纸，后采纳尾崎红叶的建议，开始经营洋纸质地的原稿纸。这种一页四百字的纵方格纸，底边印有"相马屋制"的字样，大畅其销，竟成了东洋出版商和文人计算文字长度以核定稿费的标准。直到今天，作家们在谈及文章长度时，仍习惯说写了多少枚。那么，所用稿纸的枚数乘以四百，得出的数据就是总字数。巽屋位于路地的深处，是一栋木结构房子，也很有年头。因全预约制，且通常只在晚餐时营业，想打一次牙祭并不容易。

正如地名所彰显的那样，神乐坂毕竟是神佛之地，善国寺（毘沙门天）、光照寺、赤诚神社、筑土八幡神社等等，寺庙众多，香火极盛。正月的狮子舞，夏天的阿波舞，不同季节，有不同的祭礼，不同的神舆通过，不同的神乐奏起，但各祀其神，各司其职，倒也相安无事。

周日或节日的神乐坂，是步行者天国。若是好天，顶好去那儿散策。乘 JR 线在饭田桥下车，出西口，就是神乐坂下。沿坂而上，

约翰·列侬携小野洋子吃鳗鱼饭的老铺"巽屋"（TATSUMIYA）。

新潮社把废弃的旧仓库改造成时尚的 Book Café——la kagū。

最宜闲逛，古董店、杂货店、瓷器店、和果店一间间走过，累了的话，不妨折进日本出版俱乐部会馆，看看有什么活动，说不定能碰到心仪的名作家正举行签售，也未可知。

说到出版，文学出版的重镇新潮社就在神乐坂，一座深巧克力色的大楼，多少有些压抑感。大楼的旁边，是一栋和洋混搭的别墅式洋馆，内部则是榻榻米和室。那是新潮社为签约作家提供的招待所，据说居室正中炬燵前的坐垫上，曾盘坐过川端康成、三岛由纪夫等超一流作家，炬燵上的笔砚等文具，是他们使用过的，窗外的风景，也曾定格于他们的视野中。这栋 House 近年接待过的一位宾客，是香港作家陈冠中。新潮社还在附近开设了不止一间 Book Café，都很有情调，用书款的点数，可品尝芳醇的现磨咖啡。最新的一家 Book Café 是出版社废弃的、建于上世纪七十年代的旧仓库改造而成的，建筑物的外立面是那种常用于仓库的浅黑色防火石棉瓦，里面却是极富设计感的极简主义空间，有书刊杂志、陶瓷器、衣物，当然，还有咖啡和洋酒。建筑物外面的石棉瓦墙上，镶嵌着用不锈钢材料制成的字板 "la kagū"。拉丁字母的店名下面，是一排字号更小的数字 "35° 42′ 13″ N 139° 43′ 59″ E"——店所在的地理坐标位置，北纬东经，精确到秒，欢迎地球人来店喝咖啡！

仅从这个简约的看板，便得以窥见日人文化思维的堂奥：原本是"神乐"的日文拼写"kagula"，刻意将语尾的"la"提到字首，既不影响日文的意蕴，又平添了一种法兰西调子，显得现代而洋范儿。如此文化思维，其实是日人在传统空间再造和功能转换时，爱用不已的一种符号化道具，值得我们借鉴。

镰仓文士（上）

从东京的池袋出发，乘湘南新宿线，到镰仓只需一小时零四分。位于首都圈神奈川县东南部，三浦半岛的根部，南面相模湾，东、北、西三面被山峦环抱，自然风光旖旎多姿。因无论从哪个方向杀入，必经一条叫做"镰仓七口"的劈山小径，作为战略要冲，易守难攻，自古乃兵家必争之地。

治承四年（1183），源赖朝在镰仓设置"侍所"，统率"御家人"。后设"公文所""问注所"，包揽地方行政、财政和警察事务。1190 年，赖朝到达京都，被朝廷任命为近卫大将。建久三年（1192），又从京都二条上皇处得到"征夷大将军"的称号，此乃代表最高权力法统的背书，从而正式开创了武士政权——幕府。因其设在镰仓，史称镰仓幕府（镰府）。镰府存续的大约一个半世纪（1192～1333），被称为镰仓时代。从源赖朝拳兵开始，至第六代将军宗尊亲王归京为止，镰府八十七年的历史，被用汉文记录在官制史书《吾妻镜》中。镰仓时代中期的武将北条实时，在宅邸内建造的藏书楼金泽文库，是《吾妻镜》的主要编纂地。后经伊藤博文复兴，成为研究、展示镰仓时代历史的重要博物馆，国家文物。

作为史上最初的武士政权[1]的舞台，镰仓却很文艺（镰仓人惯称自己的城市为"历史都市""文化都市"和"观光都市"）。日本真正文艺范儿的城市，如果举出三个来的话，镰仓必居其一（其他两个是京都和金泽）。《万叶集》中收录了四首咏叹镰仓的和歌；吉田兼好的《徒然草》中，也有对镰仓的记述；江户时代出版的《镰仓记》（泽庵宗彭著）、《镰仓物语》（中川喜云著）、《镰仓日记》（德川光圀著），分别记述了镰仓五山、神社寺庙和该地的风景名所；歌舞伎名剧《镰仓三代纪》（作者不明，有可能是近松半二），全十折，表现的是源赖朝死后，其岳父北条时政凭外戚强势，干政弄权，甚至不惜幽闭赖朝的遗子源赖家于伊豆的修禅寺，与佐佐木高纲、和田义盛等实力派御家人展开激烈的政争，最终兵戈相向的故事。

镰仓自古多文士，近代以降，更加辈出。1881年，北村透谷去镰仓徒步旅行，被那里天造地设般的自然风物所吸引，一发不可收拾，后又数次访问。诗人正冈子规如法炮制，从浦贺至镰仓，做徒步之旅，留下了诗篇和手记。日本近代医疗卫生事业的开创者、医师长与专斋到镰仓视察后，认为此地温暖宜居，海水浴对结核病的治疗有功效，遂在由比浜自建别墅，结果成了镰仓开发的契机，皇族、华族、政治家等上流社会人士跟风，纷纷在此置业，由比

---

[1] 东洋史学界也有一种看法，认为是继平氏政权之后的第二个武士政权。

浜海滨设立观光酒店，大正初年，国家结核病疗养所正式开业。

明治二十二年（1889），横须贺线大船至横须贺间开通，东京到镰仓的时间，从朝发夕至，短缩至两小时。这条当初为连接横须贺军港的军事目的而开发的特需线路，客观上也刺激了镰仓旅游的发展，观光客激增。肺结核多"眷顾"文人，尤其在十九世纪末二十世纪初，肺结核在诗人的笔下是"温暖的花朵"，两腮红润、哮喘咳嗽的临床症状，几乎成了彼时文人的 LOGO。而镰仓有清新的空气和一流的疗养所，是文人们"诗意地栖居"的首选之地。但文人靠写作为生，须维系与报馆、杂志社和出版社的日常往来，横须贺线的开通，提供了条件。一时间，众多作家、美术家、电影导演来镰仓定居，如夏目漱石、芥川龙之介、有岛生马、国木田独步、岛崎藤村、吉屋信子、大佛次郎、川端康成、小津安二郎等，"镰仓文士"碰鼻子碰眼，留下了一批以镰仓为舞台的文艺作品。

1890 年，小泉八云（Lafcadio Hearn）访镰仓，翌年出版了一本印象记《你所不知的日本面影》。1894 年前后，夏目漱石苦于重度的神经衰弱症，采纳友人的建议，来圆觉寺参禅，夜宿塔头归源院，逾两周。漱石后在小说《门》中复原了当时的体验，但登场人物和场景统统置换，如漱石自己为宗助，释宗演为老师，归源院成了一窗庵。1916 年，刚从东京帝大毕业的芥川龙之介成为位于横须贺的海军机关学校的教授，下宿于镰仓的由比浜，后一度离开镰仓，婚后又携眷回来，住在大町，并在那儿写下了《奉教人之死》《枯野抄》《地域变》等初期代表作。

从大正年间到昭和前期，是镰仓文士时代的繁盛期，厨川白村、林房雄、深田久弥、小林秀雄、川端康成等一大批作家、评论家的创作，为战前日本文学史写下了浓墨重彩的一笔。甚至可以说，一部昭和前期的文学史，大半由镰仓文学运动史构成。其间，1923 年的关东大地震波及镰仓，并引发海啸，英文学者、批评家、著有名作《苦闷的象征》的厨川白村殒命波涛。川端康成是后来者，定居镰仓也是被林房雄等人"忽悠"的结果。1935 年 11 月，林在劝诱川端来镰仓的明信片中如此写道：

> 吾在山中。空气清澄、风光明媚。虽然尚不到"山中无邻人"的程度，但若说"山中无历日"的感觉，此地倒是不缺的。

搁现在看，简直就是赤裸裸的地产广告文案。新感觉派的旗手作家川端哪里经得起这般诱惑？是年底便迁居镰仓，在林房雄的邻家赁屋而居。战后又搬到长谷，直到 1972 年口衔煤气管自戕，至死未离开镰仓。

昭和九年（1934）7 月，久米正雄、大佛次郎等人创设作家联谊组织"镰仓嘉年华"，久米自任委员长，但战时被迫中止活动。1936 年，久米正雄、大佛次郎又创设了"镰仓笔会"。继而，中日战争爆发。紧接着，是太平洋战争。镰仓文士纷纷被派往前线，成为"笔部队"的一员：高见顺赴缅甸，中山义秀被派到爪哇婆罗洲，永井龙男赴"满洲"创办"满洲文艺春秋社"，兰郁二郎出征途中在台湾遭遇事故而夭折……国内对舆论的弹压日甚，整个社会一片肃杀，镰仓文士的文化活动也陷入低谷。

战争后期，由于战况的恶化，丧失发表的平台，镰仓文士们的生活日渐艰难。1945 年 5 月，久米正雄、川端康成、高见顺动议大家拿出各自的藏书，开办一个贷本屋（即小型图书馆）。贷本屋被命名为"镰仓文库"，由作家里见弴贷挥毫题写看板。横山隆一画了一幅漫画海报，权当"注意事项"，贴在店中的墙上，上面写着："我觉着，无论是谁，来多少趟，书还是要爱护。"贷本屋开在八幡通上，由几位出资（书）人轮值经理，不承想竟盛况空前，相当程度上填补了战时镰仓文士们的"活字饥渴"。画家清水昆曾画过一幅漫画《贷本屋镰仓文库繁昌图》，描绘彼时的热闹。用川端康成自己的话说："（贷本屋）是悲惨战败之际，唯一敞开的美的心灵之窗。"战后，"镰仓文库"转型为一家新潮出版社，先后创刊了《人间》《妇人文库》《文艺往来》等杂志，出版了不少镰仓文士们的单行本著作。可到底是文人从商，有一搭无一搭，不久即陷于经营不善，于 1949 年破产——此乃后话。

旷日持久的战事，民生凋敝，舆论收紧，文化停摆，人心沮丧到极点，镰仓文士的内心更多了一重疲惫感。昭和二十年（1945）6 月 20 日，北海道出身的普罗小说家岛木健作（原名朝仓菊雄）在致作家中村光夫的信中写道：

> ……日前贸然造访，唐突失礼之至。我此番诸般考虑，决心到乡下去。……以期环境的变化，能惠及新的观察，从而带来清新活泼的心态，事业亦能有所精进——我确有这样的乐观期待。……在工作上，无论怎样的情况下，宁微勿断，我决心持续做下去。

完全是一副自新的姿态。但其时，作家已是罹患重度肺结核，病卧已久之身。在病榻上听到战败的消息，羸弱不堪的岛木不禁惊呼："重新开始，工作要重新开始了！"然而，作家终于未及重新开始——日本投降两天后的 1945 年 8 月 17 日，病殁，年仅四十二岁。

川端康成主持了岛木的葬礼。8 月 21 日，在致住在轻井泽的作家川口松太郎的信中写道："镰仓的伙计们全都在，可岛木君却走了。兹定于后天，即二十三日——头七日，在镰仓文库举行告别式。"

至此，战争结束了。镰仓文士迎来了战后时代。

镰仓文士（下）

体验过镰仓今天的"欢乐祥和"的人，殊难想象"终战"初期的压抑。多亏作家高见顺在《败战日记》中留下了一份真实的记录：

> 九月十日
>
> 读武者小路实笃的《某男》[1]。
>
> 镰仓的街道依然是一片黯然。兴许是害怕美国兵闯入吧，家家都紧锁户门。街路的黑暗，是没电灯的缘故。
>
> 镰仓站的电灯倒是很皎洁，有种战前的明亮。现在能习惯么……到底有些异样。在家中留宿秋山君。

想想也是。战时，连小说中的恋爱描写都被禁止的作家们，

---

〔1〕 即『或る男』。

冷不丁散步到站前广场，要能适应那灯火通明的感觉，倒奇怪了。

九月三十日

昨日的报纸被禁。麦克阿瑟司令部对禁发令，下达了解除命令。因此，对报纸及言论自由的新措施算是出台了。

如此，什么都可以自由地写了！什么都可以自由地出版了！

有生以来初享的自由！

自己国家的政府理所当然应该赋予自己国民的自由，迄未赋予，却由占领这个国家的他国军队来赋予，回过头看，羞耻难当。作为爱日本的人，为日本感到羞耻。输掉了战争，占领军进驻，要说自由被束缚倒是在情理之中，可自由反而被确保。这是多么可耻的事啊。自己国家的政府，把自己国家的国民的自由——几乎是全部的自由，统统剥夺，直到占领军的通告下达，迟迟不予解除，还有比这更羞耻的事吗？

高见顺作为"镰仓文士"的一员，从东京的大森迁到镰仓是1943年4月的事。彼时，刚结束在缅甸的陆军报道班为期一年的"征用"，住在北镰仓的大船町，旁边就是夏目漱石曾参禅的圆觉寺和东庆寺，高见甚喜。可不承想，一年后，再次被征用——1944年6月到12月，作为报道班成员赴中国前线。在南京，出席了第三回大东亚文学者大会，同时也亲眼目击了日军对中国人的残虐行径。结束征用重回镰仓后不久，高见即开始写《败战日记》。时间从 1945 年 1 月 1 日到 12 月 31 日，跨越了"终战日"（8月 15 日）等关键性的历史节点。1958 年 7 月，这部日记的选编在《文艺春秋》杂志上连载时，"编者按"写道：

> 距离现在十三年前，生活在饥饿、轰炸与恐怖政治中的文学家们，他们到底在想什么，何所求，是如何活过来的呢？高见顺在昏暗的灯下，满怀悲愤，写下了根本就没想发表的战争日记《暗黑时代的镰仓文士》。唯其如此，这份赤裸裸的记录，对登场人物的言行及其人性的强弱全无顾忌。我们确信，这是一部可传之后世的乱世日记。

接下来，8 月号的"编者按"又写道："高见顺《败战日记·日本零年》继大受好评的前一期之后，描写了战后初期混乱的世相，同时却充满了对萌芽于荒废之中的新生日本的爱情。"《败战日记》既是研究日本战败和被占领时期的社会状况及国民心态的不可多得的史料，同时也是战后最初的"镰仓文学"。高见顺笔下的"一片黯然"的街景，其实并没有持续太长时间，镰仓便恢复了"战前的明亮"。

1949 年，受中共通缉的曹汝霖仓皇逃到香港，旋即又避难东瀛，最初的落脚之地也是镰仓。他在回忆录中记录了战后初期镰仓的景象：

> 镰仓为六百年前日本幕府时代的重镇，古迹甚多，战时亦未遭轰炸。其时日本佛教正盛，在中国盛唐时代，僧

人有到中国学习经典仪规者。……镰仓之北一站名北镰仓，
古寺更多，都甚整齐庄严，建筑都仿中国式样。院中古松
参天，亦有樱花，樱花时节，大开山门，善男信女，前往
礼拜看花者，络绎不绝。镰仓濒海，夏时假日来海边游泳
者，日以万计……海边有一盘膝而坐石佛，高达数丈，腹
空可容百数十人，亦古迹之一。街道清静，行人不多，余
每外出散步，颇有幽穆之感。[1]

镰仓多寺庙，寺庙依山建；山下是海滨，游人多如织。曹汝
霖到底是日本通，寥寥数笔，便勾勒出镰仓的风貌。曹说的"盘
膝而坐石佛"当指高德院大佛，又称长谷大佛，高 11 米，仅次
于奈良大佛。大佛始建于建长四年（1252），已历七百六十二年
的沧桑。佛身是铸铜，原通身镶有金箔。"腹空"，可"胎内拜观"，
建长年间的铸铜工艺（而且是整铸）一目了然。但曹汝霖说"腹
空可容纳数百人"，是想当然了，准确数据是一次最多容纳三十
人。大正元年（1912）8 月 10 日，夏目漱石给正在材木座度暑假
的长女笔子寄了一张明信片。听说孩子们在高德院"胎内拜观"，
漱石乐得什么似的，说连老爹都还未钻进过大佛的肚子，你们倒
先钻进去了……父女情深，溢于言表。

大佛的身后，有一个观月堂。观月堂的旁边，立有明治时
期女歌人与谢野晶子咏叹大佛的歌碑，大意是：在夏木林中伫
立的镰仓御佛哟，你纵是释迦牟尼般的神圣存在，却又如此美

---

〔1〕 曹汝霖：《曹汝霖一生之回忆》，中国大百科全书出版社 2009 年 4 月第 1 版，438 页。

镰仓高德院大佛，又称长谷大佛，高11米，仅次于奈良大佛。

男。[1] "美男" 云云，透着浪漫派女歌人极富感受性的审美。客观地说，镰仓大佛也确实漂亮。但这里，与谢野犯了一个常识性错误：高德院本尊大佛并非释迦牟尼（释迦如来），而是阿弥陀如来的坐像。日人基本不会为尊者讳。与谢野歌碑建于何时，我不清楚，但显然会一直 "将错就错" 下去吧。

对镰仓的经典文学性描写，要数 "老镰仓" 川端康成。川端从 1935 年搬到镰仓，至 1972 年自戕，先后换过四处地方，在此间一住三十七年，最主要的作品都是在镰仓完成的。长篇小说《山音》写道：

> 再过十天就是八月了，虫仍在鸣叫。
>
> 仿佛还听见夜露从树叶上滴落在另一些树叶上的滴答声。
>
> 于是，信吾蓦地听见了山音。
>
> 没有风，月光晶莹，近于满月。在夜间潮湿的冷空气的笼罩下，山丘上树林子的轮廓变得朦胧，却没有在风中摇曳。
>
> 信吾所在的走廊下面，羊齿叶也纹丝不动。
>
> 夜间，在镰仓的所谓山涧深处，有时会听见波涛声。信吾疑是海浪声，其实是山音。
>
> 它很像远处的风声，但有一种地声般深沉的底力。信吾以为是耳鸣，摇了摇头。

---

[1] 日文原文为 "かまくらやみほとけなれど釈迦牟尼は美男におはす夏木立かな"。

镰仓文学馆

声音停息。

声音停息之后，信吾陷入恐惧中。莫非预示着死期将
至？他不寒而栗。[1]

山音，无疑源自川端自身的镰仓体验，他用这种大自然的神
秘律动来暗喻信吾对太太菊子内心的动摇，透着一种异样的感官
性。1954年，小说由成濑巳喜男搬上银幕，男女主角山川聪和原
节子的表演，堪以"耽美主义"来形容。

从战前到战后，一部镰仓城市发展史，简直就是一部日本现
代文学史、文化史——先后在此地"诗意地栖居"的作家、批评家、
诗人、电影导演、艺术家，不下三百人。一个奇特的现象是，互
为搭档的人，相互影响，先后成为"镰仓共和国"的住民：正如
川端康成进驻镰仓是被林房雄"忽悠"的结果一样，小津安二郎
是被里见弴"忽悠"来的，版画家栋方志功是被小说家菊冈久利"忽
悠"的，三岛由纪夫之定居镰仓扇谷则是受了俳人清水基吉的"忽
悠"。

1952年，小津安二郎定居北镰仓的山之内，与母亲一起生活，
直到去世，都未离开镰仓。严格说来，死后也未离开——小津墓
就在离宅邸不远的圆觉寺。小津与里见弴、野田高梧的合作是日
本影坛的一段佳话。仨人隔三差五会在茅崎的旅馆"柳"吃天妇罗，
喝清酒。由里见写小说，野田写脚本，小津执导的作品有《彼岸花》
《秋日和》等，均为世所公认的"小津调"代表作。

---

〔1〕 （日）川端康成著，叶渭渠译：《山音》，南海出版公司2013年8月第1版，5页。

最能体现"镰仓文学"的"高大上"品质和"镰仓文士"存在感的，是镰仓文学馆。这座扼守镰仓特有的"谷户之奥"的西洋建筑，坐北朝南，东北西三面被山峦环抱，南面开阔，可俯瞰由比浜海滨，风景绝佳。原为加贺百万石的藩主、旧前田侯爵家的别邸，是一幢有近百年历史的半木造法国新装饰艺术风格的洋馆。偌大的前庭，辟有六百平方米的玫瑰园，种植着一百九十种玫瑰，每年逢春、秋两季开放，吸引骚客无数。据说，三岛由纪夫的小说《春雪》中的别墅，就是以这座洋馆为摹本。从大正年代、昭和前期的文豪，直到平成年间的著名作家、诗人，其代表作、手稿、纪念品多有收藏，是一间不折不扣的文学博物馆。

　　天气晴好之日，看过全部展示内容之后，从二楼的休息室推门出来，走到阳台上，踩在吱呀作响的木地板上，凭栏远眺，视野无限辽阔，甚至能望见地平线尽头——湘南海岸上冲浪选手的白色冲浪板。恍惚中，我好像看见青年小说家石原慎太郎戴着墨镜，穿着迷彩泳裤和花衬衫，叼着哈瓦那雪茄，像他的成名作《太阳季节》里的"太阳族"似的，在逗子海岸上追逐着富家女，乐此不疲。

　　彼时，离高见顺在《败战日记》中记录的"一片黯然"其实还不到十年光景。云泥之别，镰仓仿佛"换了人间"。

辑三　神保町散策

前史·周氏兄弟

　　这几年，感觉随着中国学人东瀛访学的骤增，媒体上对日本古书肆的介绍明显多了起来。每每读到描写神保町的文字，内心总会泛起一种温情和愧疚混搭的情绪：温情无需解释——我对神保町的念想，至迟在离开神保町一周之内必会燃起，且愈燃愈烈，直至下一次重访；愧疚，是因为多年来神保町惠我良多，我却无以回报。而这种愧疚感越是强烈，我便越发不愿在一般场合泛泛而谈。对文化人来说，神保町是一份沉甸甸的念想，它的质量甚至影响人们谈论它的方式。

　　十几年前，笔者"人在东京"的岁月，曾在给国内朋友的信中，故作牛逼哄哄却不知深浅地写道："本世纪初，哺育了周氏兄弟的神保町书店街，今儿哺育着毛毛。""毛毛"，是我当年在朋友圈里的绰号。结果，回国喝酒时，当面遭到一姐们儿一本正经地质问："你丫凭什么把自个的名字跟鲁爷和周作人相提并论，难道不害臊么？"我本来就是打哈哈，自然无需感到"害臊"，

神保町街景

但周氏兄弟与这一带的瓜葛确是一个事实——此乃后话。

　　这一带全称是神田神保町，位于千代田区北部，东西向的靖国通和南北向的白山通在此交叉，交叉点便叫神保町。以这两条大道为区划，在东西南北各形成几大块，沿顺时针方向分别是：北边西神田，东北猿乐町，东边神田骏河台，东南神田小川町，南边是神田锦町、一桥，西南是九段南，正西是九段北。神田自古是武家之地，武士宅邸和寺庙众多。战国大名越中神保一族的后人、江户时代旗本[1]神保长治的宅邸就在今神保町二丁目一带，据说这就是神保町这个地名的由来，宅邸前有条小道叫神保小路。

　　老东京人，被称为"江户子"。日文中的"江户子"，有种爱谁谁的洒脱范儿，而神田正是江户的代名词。生于神田、受神田明神保佑的江户子，日文中的语感类似于皇城根的老北京，但远比后者更"粹"。一首江户时代的流行小调唱道："生于芝[2]地，长于神田。如今啊，咱成了消防队的缠持……"在清一色纯木结构家屋的江户，火灾频仍，消防是大事。若是武家宅邸着火的话，消防行动由大名和旗本亲自坐镇指挥；町人居住区发生火灾的话，则由町人自行组织消防。消防组的标志物是"缠"（matoi），状如灯笼，被一支竿子高高举起，上面印有消防组的标识，务须醒目。火灾发生时，手持"缠"的壮汉（曰"缠持"）守在交通要道口，为消防组指路，同时警示路人：此地火事，危险绕行！你看，神

---

〔1〕　江户时代幕府将军家的直属武士。
〔2〕　旧江户地名，能望见品川冲的东海道风景名所。现位于东京都港区。

田江户子，不单是"酷"，且不乏公共性。也许这就是神保町成了举世闻名的书店街的缘由？天底下还有比开书店更富于公共性的事业吗？

当然，这是笑谈。不过，有位日本作家说过，近代东洋知识社会的支柱不是东大、早稻田，也不是《朝日新闻》和《文艺春秋》，而是神田神保町书店街。此言得之！书店街的历史几乎与日本近代文明开化的历史等长。江户末期，幕府把原来位于小川町的洋学人才养成机构"蕃书调所"迁移至一桥，后改称"洋书调所""开成所"，是东京帝国大学的前身。其后，除了学习院（学习院大学前身）、外国语学校（东京外国语大学前身）、高等商业学校（一桥大学前身）外，又相继有明治、专修、法政、中央、日大等大学在此落户——神田神保町成了日本最初的大学城。学生和学者扎堆之地，自然会有对书籍的需求。于是，书店、出版社、中盘商、印刷所应运而生，且越来越密。至明治末期，已形成颇具规模的书店街。

对中国人来说，这条书店街还具有一重特殊的意义——日本最早的中国城（China Town）。日本接收清朝留学生，始于明治二十九年（1896）：经清廷总理各国事务衙门考试选拔的十三名官费生抵日，由日外务大臣西园寺公望委托的教育家、高等师范学校校长嘉纳治五郎在神田三崎町租了一户独门独院的宅子，开始授课——此即后来的弘文学院的前身。以此为开端，中国留日生越来越多，呈几何级数增长：至鲁迅入弘文学院（1902年）的第二年，突破千名；1904年，达1300人；翌年，达1万人。除了弘文学院外，清国留学生会馆、经纬学堂、中华留日基督教青年会馆、东亚高等预备学校……神田神保町地区一下子冒出数不清的面向中国留学生的教育机构，陈天华、秋瑾、汪精卫、蒋介石、鲁迅、周恩来⋯⋯这一大串名字，见证了从甲午战争到五四运动之前的中日关系。

1906 年，周作人赴日，与大哥一起住在本乡汤岛二丁目的伏见馆。正是在那儿，他头一次见识了十五六岁的下女乾荣子，"赤着脚，在屋里走来走去"。东洋女性的天足，令知堂到晚年都难以忘怀。翌年，哥俩又搬到东竹町中越馆，还是在本乡。1908 年 4 月，周氏兄弟与友人许寿裳等移居西片町十番地吕之七号（即"伍舍"），年底再度迁至同一番地的波之十九号。搬来搬去，始终未离开神田神保町那疙瘩。周作人对那一带的环境显然相当留恋，他晚年在《知堂回忆录》中写道：

> 我们以前都是住在本乡区内，这在东京称为"山手"，意云靠山的地方，即是高地。西片町一带更是有名，是知识阶级聚居之处；吕之七号以前夏目漱石曾经住过；东边邻居则是幸田露伴，波之十九号的房东乃是顺天堂医院的院长佐藤进。

鲁迅其实也挺满足，虽然他绝少流露，与东洋"国民作家"夏目漱石前后脚住同一寓所，感受着同样的气场，能不满足吗？连日本学者柴崎信三都觉得这"西片町的家"，是一种"文学的不可思议的机缘"："归（东）京后第三次选择的下宿屋是漱石的'西片町的家'，并非偶然。鲁迅处于彼时日本文艺思潮的浓厚影响之下，是显而易见的。"

东大赤门前的洋食店青木堂，是夏目漱石在《三四郎》中描写的主人公与广田先生邂逅的场所，也是嗜甜食的绍兴文青周树人经常坐在靠窗的座位上享受牛奶果子露（Milk Shake）的地方。不仅如此，据柴崎信三考证："在'伍舍'，鲁迅颇受用日本生活方式。早晨睁开眼，先躺在那儿吸上几支'敷岛'香烟，然后读报。喜欢日本的绿茶。用过中餐后，身穿和服、头戴鸭舌帽的主儿，便趿拉着木屐，溜达着去日本桥的丸善书店和神田的旧书店。下宿屋的榻榻米上放着文几，他用小学生的砚台和毛笔写作。"[1] 这种范儿确实很夏目漱石。

鲁迅与夏目漱石的文风有无神似之处，见仁见智。但周作人认为，"伍舍"时代鲁迅迷东欧文学，而"对于日本文学当时殊不注意，森鸥外、上田敏、长谷川二叶亭诸人，差不多只重其批评或译文，唯夏目漱石作俳谐小说《我是猫》有名，豫才俟其印本出即陆续买读，又热心读其每日在《朝日新闻》上所载的《虞美人草》……豫才后日所作小说虽与漱石作风不似，但其嘲讽中轻妙的笔致实颇受漱石的影响，而其深刻沉重处乃自果戈理与显克微支来也。"[2] 诚哉斯言，知兄莫如弟也！在同一席榻榻米上读书、睡觉、写字，能没一点儿"通感"传染吗？

不知为什么，国人谈神保町书店街的文字，绝少涉及周氏兄弟。可我总觉得这哥俩"存在感"特强，可"穿越"。正因此，十数年前，小生在致友人的信中才敢大言不惭，拿周氏兄弟说事。虽说是打哈哈的口气，没一点儿正经，但确是内心的一份敬意使然。

---

〔1〕　柴崎信三『魯迅の日本　漱石のイギリス』（日本経済新聞社、1999）、152頁。
〔2〕　见周作人：《关于鲁迅之二》。

细节·链接

对日本社会来说，支撑东洋文化软实力的支柱，既不是东大、庆应、早稻田，也不是东映、松竹、宝塚，而是神保町。这块以东西向的靖国通和南北向的白山通为"龙骨"的"飞地"，麇集了约一百七八十家旧书店和三四十家新书店及众多的出版社、中盘商、制本屋、文具店，藏书量不下于 1000 万册，俨然一个印刷活字城。

其实，日人自己并不关心神田神保町书店街的排名问题，他们不过是来此淘书、淘碟，淘换之余，喝咖啡、吃咖喱饭而已。倒是洋人，咸吃萝卜淡操心，念念不忘东洋文化牙城的国际地位问题。如被认为比日人更了解日本的"日本通"、已故哥伦比亚大学教授爱德华·乔治·塞登斯蒂卡（Edward George Seidensticker）在《东京：下町山之手 1867—1923》一书中说，作为世界性的古书集散地，除了神田神保町之外，北京的琉璃厂和巴黎的塞纳河畔也很有名，但神保町无疑是其中之荦荦大者。

　　不过，爱教授的研究，其实还仅限于神田神保町在明治、大正年间草创期的繁荣，严格说来，并不是我们今天所见的神保町书店街。大正十二年（1923）的关东大地震中，书店街烧得片纸无存，连夏目漱石为岩波书店挥毫的木制看板都烧没了。但仅仅一年后便得以重建，并作为与东京都震后复兴事业配套的一环，实施町名地番整理，将原来分成北、南、表、里（神保町）四块的地界，最终于昭和九年（1934）统合为神保町，这才成了繁盛至今的书店街发展的基盘。该区域规划设计的许多特点，都是东京或日本其他城市所不具备的，有些则纯粹是出于为书的考量。如奇数番一律位于靖国通的南侧，而偶数番则位于路北侧。你若想寻找神保町一丁目四十一番的话，即使找到了四十二番，也休想在隔壁发现四十一番，而务须绕到下一个斑马线处穿过靖国通，再走近一站地，才能到达目的地。再如，靖国通上的书店多奇数地番，绝少偶数，这点非神保町的通人殊难察觉。个中缘由，盖出于保护古书免受阳光直晒的考虑：书店立地于路南，坐南朝北，而路北则是文具店、体育用品店、咖啡厅或咖喱屋、拉面馆。想到如此思路竟产生于关东大地震之后，不能不感佩日人城市规划中的细节主义及其"早熟"。

　　神保町不大，却也不算小。首先，构成"龙骨"的靖国通、白山通，在东京人的概念中，都是不折不扣的通衢大道。每条大道，从近端到远端的书店，都相隔差不多两站地，中间有数十家书肆；其次，被两条十字交叉的"龙骨"分割成东南西北的四"象限"中，分布着细密的胡同和甬道，宛如人体的毛细血管，而每一条"血管"，都串联起好几家书肆。因此，想要把神保町"一网打尽"

神保町不大，却也不算小。构成"龙骨"的靖国通、白山通，在东京人的概念中，都是不折不扣的通衢大道。

几乎是不现实的，最好是按不同的区域或类别，分阶段、分步骤地"分而食之"。

链接神保町的主要方式有二：地铁派和JR（国铁）派。前者简单，自1973年6月，都营三田线开通后，乘地铁可直达神保町的核心部。神保町站共有七个出口，其中一个连着岩波大厦，另一个则紧挨着广文馆书店，隔一条小甬道，对过就是著名的文人咖啡"沙保"（Sabor）吃茶店。这种链接的风险在于，对神保町的"新米"来说，一下子置身于神保町的心脏地带，四顾都是书肆、咖啡，反而找不着北，易成"迷子"。除此之外，地铁派中，还有另外两种链接路径：一是乘新宿线在小川町站下车，出站后从路北的泽口书店，或路南的神谷书店起，沿靖国通从东向西；二是乘东西线或半藏门线在九段下站下车，沿靖国神社大鸟居下的坡道一路向东，均可遍扫此间约六七成的店家。

笔者是铁杆的JR派。这不仅是由于JR的票价略低于地铁，更在于这种链接方式更能体验神保町的纵深感——它不是一条书街，而是一座书城。同为JR派，根据不同的时间段与"扫街"时间的长短，亦有不同版本的链接路径，我称之为午间版、晚间版和周末版。

午间版最捷径，最高效，访问的店家自然有限。可有限归有限，你却不会失望。因彼时，笔者就职的公司就在JR御茶水站圣桥口的斜对过，圣桥口便约定俗成地成了我神保町散策的起点。但客观上，这却是最合理的选择。圣桥口的旁边，有家叫三进堂的旧书店，门脸极小，由一对老夫妇经营。照实说，与神保町深处众多书肆相比，我并不觉得这家书店很有特点，但因其位置特殊，

每当我重回书城，但见三进堂的看板犹在，老夫妇笑容依旧，内心便有种踏实。

位于御茶水的尼古拉堂，是日本最大的东正教堂。

占尽地利之便，竟成了一家老铺。每当我重回书城，但见三进堂的看板犹在，老夫妇笑容依旧，内心便有种踏实。记得我曾在那里买过一册三省堂 1983 年第 6 版的《GEM 袖珍英和·和英词典》，只有文库本的一半大小，小羊皮封面，书口和上下切口烫金，透明塑料套装，异常精致，价格也不菲。在尚未装备电子辞书的岁月，这本小词典曾常住于我的西装口袋中，伴我度过了多少困倦、失意的通勤时光。

三进堂斜对过的丸善书店御茶水店，即上世纪三十年代鲁迅通过内山书店订购洋书的那家书店，成立于明治维新后的第二年，本店位于日本桥，是日本最早、也是最大的图书文具连锁店之一。随手翻一翻新书台上的学术新刊和新近上货的杂志，也未必买，仿佛是日常的课业。沿着丸善边上的一条细坡道朝南走，天气晴好时极爽，迎着阳光，一路下坡。没走几步，左手边就到了尼古拉堂。这是日本最大的东正教堂。小津安二郎的电影《麦秋》中，原节子与二本柳宽边喝咖啡边聊天。从咖啡厅的窗子，能看见尼古拉堂淡绿色的圆顶，想必那家咖啡厅就在附近。再往前，过了日大理工学部、中央大学骏河台纪念馆和三井住友海上大厦，沿路几家小书肆（风光书房、小沼书店等），或驻足浏览一会儿，或继续前行，全凭彼时的心情和时间，有一搭无一搭。到了一个丁字路口，左右两侧的街角上，一家鞋店，一家洋果子店，这便是靖国通了。右手边 VICTORIA 体育用品大厦的对面，是著名的艺术书店源喜堂，我在那里买过的写真集和艺术图册不计其数。源喜堂位于一楼半，楼下的半层加地下室，是另一家映画系书店武内书店，有很多老电影画报、老海报和老唱片。有些海报很珍贵，有寺山修司、横尾忠则的亲笔签名等。出入其间的读者，很多是演剧青年，多有明星范儿。一般来说，看过这两家之后，午休时间便过了大半，再往神保町深处走就不现实了。于是，匆匆忙忙原路折返。

如果说午间版链接是"I"形的话，晚间版就是"L"形。五点四十五分下班，六点离开公司，沿着圣桥口前的马路，径直走到 JR 御茶水站的西口，再从西口沿明大通一路南下。一路经过大出版社为如期付梓而"软禁"名作家，以"逼迫"其赶稿的专用酒店山上大饭店、明治大学正门和不计其数的乐器店、画材店，便到了靖国通上的骏河台下，南北的街角上是两家著名书店书泉和八木书店。我习惯过马路，沿靖国通向西溜达，从三省堂起，依次逛过八木书店（古书部）、东阳堂书店、悠久堂书店、一心堂书店，再从位于巷口的小宫山书店朝南，踅入铃兰通。这条巷子上，有更多令我心仪的书肆，如著名的中国书店内山书店、东方书店，艺术书店波希米亚书房、荒魂书店，新书店东京堂及正对着三省堂后门的文具百年老铺文房堂。神保町的书肆大多在晚八点或八点半打烊，绝少有晚过九点的店家。如此一圈逛下来，即使是走马观花，差不多也该到点了。再说，肚子也在咕咕抗议了。于是，迅速钻进一家最近的拉面馆或咖喱屋。将背包和左右手中印有书店 LOGO 的手提纸袋放在旁边的椅子上，第一口札幌生啤酒的味道，岂是一个"爽"字了得！

每逢周末，我会用整个下午加一个晚上的时间泡在神保町，链接的范围也要大一圈，大致是一个"U"形路线。沿靖国通，从小宫山书店的巷口，继续朝西走，经过田村书店、日本文艺社、奥野书店、一诚堂书店、榉木书店[1]、文华堂、矢口书店，然后从广文堂书店前的十字路口朝北拐，沿白山通径直前行。一路依次逛过燎原书店、鱼山堂书店、东西堂书店、神田书房，还有几家门脸极小的专营 AV 画报的旧书店，快到水道桥车站的十字路口时，路边有家法律、历史和辞书的专门旧书店丸沼书店。过去十五年来，我先后从那里买过"东洋文库"中所有与中国有关的书籍；研究社 1980 年第 5 版的《新英和大辞典》，大 16 开真皮精装，精美至极；讲谈社 1991 年版的《日本全史》，大 16 开布面精装，可按年代日期检索从绳文、弥生时代直到 1990 年间日本列岛的全部历史……一掷何止千金。

但这种链接方式存在一个问题，那就是从靖国通到水道桥，是一个上行坡道，所访书肆既多，肩扛手拎，是真正的"北上"。春秋还好，冬夏的话，则异常艰辛。每每好不容易挨到水道桥车站西口时，我都会有虚脱感。此时的唯一选择，便是趸进车站后面的小巷中，到那间狭长的、灯光昏暗、墙上贴满了明治大正年间老海报的 Rétro（法语，复古的，怀旧的）调居酒屋喝上一杯。端一扎连玻璃容器都被冰镇得挂着白霜的生啤酒，边低头在膝头摩挲刚买来的旧书的感觉，几乎是感官性的。遗憾的是，2012 年冬天故地重游，我试图重温旧梦，却发现那家居酒屋竟倒闭了……

---

〔1〕 即"けやき书店"。

书肆面面观

你可以一天逛遍东大、早稻田，或迪斯尼乐园，但休想一天阅尽神保町。道理简单，几乎无需诠释：保守估计约有一百七十家店铺，即使每家蜻蜓点水十分钟，也要花整整二十八个钟头，还不算走路的时间。不过，所谓"弱水三千，吾只取一瓢饮"，尽逛既不现实，似亦无此必要。神保町书肆既多且细，高度分众化。一般说来，建筑师未必一定要逛心理学书店，而登山专门书店对艺青来说也并非必选项。可是，书店像温泉，是要泡的。泡透了，才好淘，知道淘什么，怎么淘。而这一泡，活儿可就长了。

从功能上，神保町的书店大致可分成三类：新书店、旧书店和专门书店（新旧书兼营）。新书店有三省堂、东京堂、书泉等；专门书店如中国研究方面的内山书店、东方书店和山本书店；除此两种外，其他均为旧书店。

位于骏河台下岔路口处的三省堂书店，地上八层、地下一层，是日本最大的综合性学术书店之一。骏河台下店是本店，有四十家以上的分店，遍布全国。由龟井忠一于明治十四年（1881）创业。创业之初，是一家不起眼的旧书店，店号取自《论语》中的"吾日三省吾身"。1888年，刊行《韦氏新刊大辞书和译字汇》，大畅其销，成为所谓"辞书的三省堂"之滥觞。1908年开始陆续刊行的《日本百科大辞典》（全十卷），是日本最早的百科事典。后因辞书事业投入过大，经营难以为继，经历过一次破产，于大正四年（1915）重建。重建后的三省堂实行辞书出版部门独立核算，书店经营风生水起，越做越大。三省堂版辞书，种类未必是最多的，但绝对有特色，一朝付梓，便不断修订、再版，越酿越醇，有点像我国商务版的《现代汉语词典》。如笔者多年来爱用不已的日文工具书《新明解国语辞典》《全译读解古语辞典》等，堪称辞书中的精品。

五年前，骏河台下本店的斜对过，有一家叫"自游时间"的分店，店堂面积在神保町一带算大的，基本以杂志为主，种类相当全，还有不少过刊，内部分区隔成半封闭的空间，兼营文具、咖啡。日本一定规模的书店，多有自己的文具店，并不稀奇，但那儿的咖啡确实别有情调：长条桌摆成"口"字形，桌前一圈木椅，每只椅子前有一盏老式台灯，宛如一个自习教室。客人对桌而坐，或读书看报，或打开电脑工作。中午时，偶有西装革履的上班族在座位上打盹，权当午睡了。全无四目相对的紧张与尴尬，无论阅读还是工作、打盹，都鸦雀无声，专心到极致。"自游时间"的倒闭，很是让东京的文青们黯然神伤。

神保町当然不乏别致的咖啡，如前文曾提过的著名文人咖啡"沙保"（Sabor）吃茶店。但笔者有个积习，在"扫街"的间隙，一般只泡书店里的"书咖啡"。除非该扫的都扫过，拎着各大书

东京堂书店创立于明治二十三年（1890）。今天位于神保町铃兰通上的东京堂猫
头鹰店，就是这间百年老店的创业始祖。

店大大小小的手提袋，才会在上车回家之前，到"沙保"一类的地方喝杯咖啡，顺便整理一下刚入手的新旧图书。如此说来，除了三省堂"自游时间"外，不能不提东京堂。

东京堂书店创立于明治二十三年（1890）。今天位于神保町铃兰通上的东京堂猫头鹰店，就是这间百年老店的创业始祖。创业之初，东京堂虽也零售图书，但主要是中盘商，是今天东贩和日贩的前身。彼时的中盘商，远比零售商有实力，明治四十四年（1911）竣工的新店颇气派，却在大正二年（1913）被烧毁。是年底重建的店铺，木骨混凝土三层结构，是当时日本最具代表性的现代建筑之一，可不幸又在大正十二年（1923）的关东大地震中再次焚毁。今天铃兰通上的猫头鹰店是昭和四年（1929）竣工的建筑。四年后，图书批发部门剥离，单独成立了东京出版贩卖会社（即今东贩前身），铃兰通的店铺遂成了一家纯粹的书店。

1982年，东京堂在神田新建了六层高的大厦，作为本店开业。平成十六年（2005），铃兰通的老店命名为"猫头鹰图书站"（Fukuro Book Station），被读书人昵称为"猫头鹰店"。该店所有的书皮、书签上都印着一个神秘的猫头鹰Logo：站在下弦月上的猫头鹰、站在枝桠上的猫头鹰，象征着思想、守望者，还是夜猫子型文人？猫头鹰店的"书咖啡"在一楼收款台的后面，有一排靠窗的高桌高凳。我爱坐在那儿，享受一杯拉花拉出猫头鹰图案的卡布奇诺，一边翻阅新书，一边有一搭无一搭地望着窗外：铃兰通上的访书客不紧不慢，左右穿行；对面专营AV画报的旧书店门可罗雀，偶有穿米色风衣、拄拐杖、头戴大礼帽的长者出入，像极了永井荷风。

与猫头鹰店相隔一个路口，是东方书店；东方书店的斜对过，是内山书店——这是两家最著名的中国书店，店幌均是郭沫若的挥毫。前者成立于1966年，其前身是创立于1951年的极东书店。东方书店版的中文辞典，是修习汉语的日本人的必携工具书；书评性月刊《东方》杂志是日本汉学界重要的学术资讯刊物。

至于后者，说来话长。简言之，其前身可追溯至战前（1917年）于上海北四川路开业、鲁迅等左翼中国文化人时常光顾的内山书店。战后，老板内山完造作为"敌性国民"被国民政府限期离境，近三十载的苦心经营付诸流水，只带了随身行李回国。昭和十年（1935），内山完造的胞弟内山嘉吉在东京世田谷区的祖师谷大藏开办了东京内山书店，1968年迁移至此，1985年改建——此乃今天的内山书店。东方书店和内山书店，加上位于靖国通西头、专营中国古本的山本书店，虽然门脸都不算大，却是东洋汉学界至关重要的存在，时而能见泰斗级的学者出入其间。

对笔者来说，神保町的最大魅力是那些特色旧书店。波希米亚书房[1]、源喜堂和蜻蜓文库[2]，是个人最爱逛的三家艺术书店：源喜堂的书最全，更侧重摄影、外国艺术家和现代艺术；波希米亚书房与池袋西口的夏目书房是连锁店，偏重日本画和明治、大正时期艺术，从祖辈开始不懈蒐集的竹久梦二肉笔画和各种真迹，蔚成大观（不过，楼上的展示画廊我是轻易不敢去的，怕就怕自个万一搂不住，一掷"千金"，占用了有限的购书预算）；蜻蜓文库是近年创业的新店，店主是一位叫佐藤龙的艺青，曾在

---

[1] 即"ボヘミアンズ·ギルド"（BOHEMIAN'S GUILD）。
[2] 即"かげろう文库"。

蜻蜓文库是近年创业的艺术系新店，深得吾心。

源喜堂打工学艺，耳濡目染，眼力了得，开业不到十年，已在业界建立了相当口碑。更重要的是，佐藤经手的写真集、插图本和版画，多系签名本或品相优良的"美本"，且同样的货色，要比同类书店便宜不少！

一位东洋作家朋友对我说，如果没有相当的自信，是不可能在神保町开店的。否则，即使开了店，也长不了。只需对书街稍有了解，便知此言不虚。如近现代史、军事专门店文华堂，三岛由纪夫生前是常客，日本最著名的新闻记者、畅销书作家立花隆也经常在那儿淘书；文学书店玉英堂的法定地址是神保町 1-1（一丁目一番地），其珍稀本藏品也是当仁不让的一流货色，如芥川龙之介、川端康成、横光利一的初版本，寺山修司的限定版签名本，更不用说锁在玻璃柜中的谷崎润一郎手稿、太宰治致井伏鳟二的明信片等；东大英文科毕业、前军部通译北泽龙太郎经营的北泽书店，洋书收藏品位独特，不仅招徕了川端康成、三岛由纪夫、大江健三郎的频繁光顾，连当初还是大四英文科学生的美智子皇太后，苦于做毕业论文找不到资料时，也曾来店中淘宝；鱼山堂的写真集、美术书多系绝版；古贺书店的初版乐谱收藏令人咋舌，你尽管找你需要的名字，如普契尼、莫扎特、猫王、山田耕筰，而无需管到底是古典、爵士、摇滚，还是民谣；而你若想寻找某位日本近现代作家的资料的话，顶方便是去八木书店，那儿有按日文假名排序的文艺评论收藏，找哪位作家，只需检索其姓氏开头的假名标签下的书架即可……

总之，在神保町，需要的是时间、一定的预算和足够的耐心，只要泡，便会有收获，甚至是惊喜。

神保町的二楼书店

说起"二楼书店",国人首先会想到香港——旺角、铜锣湾一带有很多"二楼书店",如田园书店、乐文书店等。五年前,被媒体普遍解读为传统书业"黄昏"隐喻的老板被倒下的图书砸死的事件,就发生在湾仔的一家二楼书店——青文书屋。据我所知,香港二楼书店"泛滥"的原因,主要是经济因素,临街的门面店铺租金高昂,仅靠书的菲薄利润难以承受,于是朝上发展,二楼、三楼、四楼,甚至有开在十一层的书店,诚可谓"高处不胜寒"。

神保町二楼书店也不少。与香港相比,设在二楼自然不排除经济因素,但更主要的原因,恐怕还不在这一层。大致说来,东京书街的二楼书店不外乎两类:一是店面不止一层,有的甚至多达四五层(如著名的旧书店小宫山书店,便拥有四层楼),新刊书店就更高了,如三省堂书店,高达八层;二是书店本身就设在二楼或二楼以上,楼下可能是别的书店或其他店铺(如著名的艺术书店源喜堂位于二楼，而楼下则是专营和洋设计、电影、时尚杂志的武内书店）。而两者似乎都不大关涉地租，唯一的共通之处是"门槛高"。

说"门槛高"，还真不夸张。拥有从一楼至二楼以上店面者，往往舍不得把真正的宝贝放在一楼，而是藏之阁楼。譬如，波希米亚书房（BOHEMIAN'S GUILD）二楼是一个艺术珍本展示画廊，从福泽谕吉、司马辽太郎的条幅，到芥川龙之介、川端康成的书简，从藤田嗣治、安迪·沃霍的版画，到横尾忠则、村上隆的肉笔海报，绝大多数置于上锁的玻璃柜中，只消看一眼价签便令人退避三舍。尤以竹久梦二收藏最为业界侧目，从肉笔画、色纸、书简，到版画、油画、诗画卷，到梦二亲手装帧设计的绘本和初版书，等等，有些即使在国内几处梦二美术馆中也已绝迹，是珍本中的孤本。

创业于明治三十六年（1903）的一诚堂书店，是一间文史哲艺综合店，和、洋、古典无所不包，堪称神保町的地标店。昭和六年（1931）竣工的店堂建筑，天花板极高，门廊尺寸超大，石墙、壁灯、木扉、彩绘玻璃、挂钟，无不透着一种战前的厚重、殷实，不事浮华，与所藏典籍的风格有种内在的契合。连楼梯扶手都是大理石，被打磨、摩挲得光可鉴人。一楼的书籍已然很了得，上二楼，迎面是一套《法华注疏》，八开四卷本，定价18万日元。再往深处走，满眼尽是洋书，多围绕日美关系及日本与亚洲周边国家关系的历史。那氛围，令人凭生置身于一间战前欧洲老书店的错觉。

创业于昭和十四年（1939）的小宫山书店从一层（店堂及户外的车库）到四层，随着楼层（"门槛"？）的升高，书籍版本（或艺术品）的价格也直线飙升：户外的车库是露天卖场，以均一本为主，价格只分三档：一百日元一册，五百日元三册和一千日元三册。记得冬日的傍晚，总见俩伙计穿着类似中国的军大衣（八成是从上野阿美横町[1]淘换来的。因在日本绝少见人穿，故印象深刻），鼻尖冻得通红，边搓手，边为书客收银、包装，每道一声谢，便吐出一团白色的哈气。一楼店堂是写真集、摄影论，二楼是美术、设计、建筑图书及各种视觉杂志，三楼是哲学、文学、历史、江户东京研究、民俗学书籍的初版本，四楼是展示画廊，以三岛由纪夫收藏和各种豪华版写真集为主。尤其前者，堪称业界之翘楚，别无分号。店中藏有三岛由纪夫各种手稿、书信、原版照片、写真集、签名本、限定本多达752件，其中颇不乏珍品。如摄影家细江英公以三岛为模特的著名限定版写真集《蔷薇刑》（集英社1963年版，限定1500部），同时有细江和三岛两人签名的第873号，标价75万日元，待我最后一次造访时，已经售出。珍本如此之丰，乃至在三岛由纪夫收藏上，小宫山拥有当仁不让的定价权。一些日本国内顶尖的拍卖会，如果小宫山不出头的话，与三岛由纪夫相关的藏品便只有付诸阙如。旧书店做到这份上，除了脱帽，夫复何言？

　　小宫山是我每次去神保町必访的店。名摄影家北井一夫跟小宫山是老交情，四楼画廊曾多次举办北井摄影个展，摄影家亲自印放并签字的摄影原作长年挂在墙上寄售，价格不菲。因北井的

---

　　〔1〕　即今东京都上野一带的著名商店街"アメヤ横丁"，简称"アメ横"。起源于战后初期兜售美国食品、烟酒和衣物的批发街。

著名的艺术书店源喜堂，我在那儿买过的写真集和艺术图册不计
其数。

小宫山书店是我每去神保町必访的书店。

关系，我与书店第三代传人——小宫山庆太店长也成了朋友。近年从那里淘过两种书，似乎值得一记：一是《川端康成·三岛由纪夫往复书简》，1997 年新潮社初版，我 2013 年淘换的时候，价格已经翻了三倍，达 4500 日元（付梓时的定价为税前 1500 日元）；另一本是三岛文学批评的代表作《林房雄论》，昭和三十八年（1963）8 月由新潮社推出的初版本。这个版本早已绝版，属于珍本。我在与小宫山相隔不远的八木书店中，曾见此书，品相已不甚好，可仍标价 1.5 万日元。而小宫山藏本，是函带齐全、品相完璧的"美本"，本身已相当珍贵，不仅如此，还系三岛赠呈给岳父、著名日本画家杉山宁的签名版，其价值可想而知。三岛签名本原本就很有限，给岳父杉山宁的版本，几乎是唯一的。顺便提一句，杉山宁（1909 ~ 1993）是日本当代画坛巨擘，1974 年起出任权威的日展理事长。若以中国画坛类比的话，当属张大千、齐白石一流人物。1972 年 9 月田中角荣访华时，特为中国最高领导人带来两件国礼，赠与毛泽东的是东山魁夷的作品《春晓》（20 号），赠与周恩来的，则是杉山宁作品《韵》（20 号）。1958 年 6 月，三岛由纪夫与杉山宁的长女瑶子结婚，据说作家选择瑶子的一个理由是"艺术家的女儿，对艺术家该不抱幻想吧"。绝版文论签名本、"鬼才"作家女婿与"国民画家"岳父、田中角荣与周恩来……噱头之大、佐料之足，其价值可想而知。

笔者在四楼画廊思忖良久，庆太店长特意打电话唤店员从楼下送上热咖啡，边闲扯，边展开说服攻势。我则手不离签名本，边心不在焉地应酬，边摩挲把玩。原本就心旌摇曳的笔者，哪里禁得起这等攻势？结果看在北井摄影家的面儿上，老板让利 5000

作者与小宫山书店老板小宫山庆太先生于书店四楼画廊（2014年5月）。

日元，寒舍逼仄的书斋终于迎来了这本个人购书史上最奢侈的127页小书（碍于跟庆太店长的约束，权且隐去标的），从此寒斋受镇护！诚可谓"踏破铁鞋无觅处，得来全不费工夫"——工夫倒是不费，徒费银子而已。

所以，当你漫步神保町街头的时候，尽可平蹚神保町的一楼书店如"闲庭散步"。可当你不小心摸到二楼书店时，可要当心"门槛"！

古书通信社·《书的杂志》

不知不觉间，多年收集的神保町情报纸（志）已经攒了不小的一摞。有报纸，有杂志，有各种古书展、拍卖会的目（图）录；有的是定期出版物，有的是不定期，有的则是正经的MOOK。多数都是免费刊物（Free Paper），放在书店街的店头，任意阅读、索取。我常想，这些东西有什么用呢？想来想去，答案是：基本没啥用——如果我没有编写一部《神保町书志学》的打算的话。这样想着，却仍舍不得处理掉，只好任其一路"增殖"。

不过，对我没啥用，不等于真的没用。否则，便无法解释何以这些出版物会持续下来，而且持续了那么久，有的已经编了近八十年！随手翻翻手头的几种刊物，如角川书店发行的《书的旅人》[1]月刊，侧重文学，最近的一册是2008年1月号，总第147期；

---

[1]　即『本の旅人』。

《书之街》[1]月刊，是文化情报志，最新一册是2013年10月号，总第396期；旧书店行业组织"神田会"发行的季刊《神田》[2]，侧重书街的历史文化，最新号是2013年9月号，总第212期。

八木书店出版的《日本古书通信》，是链接旧书店和读者的书业综合情报趣味志，创刊于昭和九年（1934），迄今已发行逾1000期。除了以会员制发行外，也零售，每册七百日元。我手头的几期，就是从岩波书店买来的。作为杂志，除了通常的随笔、文化性内容外，特别注重书业资讯，如各地旧书店记事、古书展示拍卖信息、藏书家专访，等等。杂志的后面，是古书通信贩卖目录，包括各店精选的珍稀本鉴赏、资深旧书店主披露经营"Know How"等，毫不夸张地说，是书店业者和出版人的必读志。

另一种不能不提的杂志，是《书的杂志》，顾名思义，是关于书和书业以及书店（新书店和旧书店）的刊物。1976年4月，由目黑考二、椎名诚、泽野公等几位作家、评论家和画家创办。创刊之初是季刊，后改出双月刊，1987年8月起实现了月刊化。我手头最新的一期是2013年11月号，总第365期。创刊以来，全刊的封面萌绘和绝大部分内文插画都出自画家泽野公一人之手，有点像早期的《读书》杂志，封面设计和漫画归里包堆全都是小丁（丁聪）的作业。创业初期，寂寂无名，在偌大的书城神保町无人问津。每逢新刊出版，几名创业者倾巢出动，亲自去签约书店配送新刊。有时人手不足，不得不临时雇大学生帮忙配书

---

〔1〕 即『本の街』。
〔2〕 即『かんだ』。

作者（左）与建筑师朋友海牛子女士（右）在泽野公先生（中）的个展上。

（称"助人"），却没钱支付"助人"的薪水。作为报酬，在人家喜欢吃的时候，请吃炸猪排饭或饺子拉面套餐，管吃够。

《书的杂志》以书评为主，但不唯书评，既有古本屋散策、珍稀本"暴晒"、神保町名店（拉面、饺子、咖喱、啤酒屋等）发掘等栏目，也有随笔、漫画系列连载，每期的封面文章，十有八九与神保町文化有关。名画家泽野公长年开设旅行绘专栏，是他的行旅随笔，配以"泽野风"的速写插画，颇受欢迎。最近几期是中国旅行日记，谈北京的秋天、江南园林中的怪石、城镇开发热、康生的书画等，颇有读者缘。每年 1 月，会推出上一年度畅销书 Best 10 专号；平时还会不定期推出各类题材小说、漫画的评选，如恋爱小说、SF 小说、警察小说、推理小说等等，不一而足。

除本刊外，《书的杂志》还不定期出版"别册"和"增刊"。前者是 MOOK，每一种有一个主题，围绕这个主题，相关物事"一网打尽"。如我手头这本《别册书的杂志 16》，主题是古书，190 页，涉及古书的方方面面、边边角角，从古书店业者座谈到秘境古书店探访，从古本用语的基础知识到年度全国古书祭、书展、拍卖日历，大有"一册在手，古书屋遍地走"的权威性。增刊还是杂志，但感觉是刊物的延长，内容主要是年度文库本（即口袋本）推荐，每年 12 月出版。

书的杂志作为出版社，也颇有名头，出品以文化为主，兼顾小说、随笔。我素来喜欢这家社出的书，寒舍的书房里少说也有十数种。怎么说呢？简单的描述就是"有文化"：选题多与艺术、亚文化和书业有关，装帧素雅，风格前卫。虽然每种都不雷同，在书店的新书台上却让人一眼就能认出是书的杂志社的调子。

书的杂志社是我每次去神保町十有八九会造访之地。小小的编辑部，位于神保町一丁目一条小巷子里的一座写字楼的五层。袖珍的编辑部是一个房间，社长加编辑也就五六个人，着装随意，有说有笑，全然没有一般日本企业的那种压抑感。我每次会带一点铁观音、山楂糕之类的中国土特产。偶有在《书城》杂志上发文，也会随手带册样刊过去，告诉他们"这是敝国上海出版的'书的杂志'"，众人便好奇地围拢过来。大家一边喝茶，一边翻阅新近付梓的新书，谈点书的背景和作者的八卦。遇到心仪的目标，无论多贵，当场索求，并不脸红。喝茶聊天的当儿，美女编辑会端起数码相机，伺机拍几张照片。《书的杂志》的末页，有一个栏目叫"本月来《书的杂志》玩耍的人"，小生屡屡登场。每当我看到自己的头像与那些出没神保町的作家、学者、名编辑、摄影家们排在一起时，便会从内心感到温暖，有种文化共同体的归属感。真比加入"作协"还高兴。

古书会馆·神田古本祭

在神保町，八木书店有两处：古书部位于靖国通边上，三省堂书店的西侧；新书部则位于骏河台下的巷子口，专门面向书店业者经营，实际上是一家学术书籍批发书店。八木书店的斜对过，是小川町邮电局。邮局的旁边，有一幢四四方方、结结实实的大楼，外立面裸露着混凝土，此乃著名的东京古书会馆。说起来，这幢外表毫不打眼的大楼，却历经沧桑，见证了日本旧书业的百年兴替。

早在明治二十年（1887），在距神田一箭之遥的本乡、小石川地区，率先出现了营业性旧书店。1890 年，位于小石川传通院前的旧书店雁金屋开始发行古本目录，开日本国内旧书业图录通信发行之先河。1904 年，旧书店业者于本乡二丁目结成"洋书后乐会"，定期召开交换会（即旧书市）。是年 2 月 6 日，日俄战争爆发。大正五年（1916）8 月，就在今天的东京古书会馆的原址上，建成了东京图书俱乐部（后在关东大地震中倒塌重建），旨在方便旧书业者同好之间的联谊与交易。1920 年 1 月，旧书店业者的行业组织东京古书籍商组合成立，继而发展为全国性的组织：昭和七年（1932）12 月，结成全国古书籍商联盟。1948 年 8 月，在东京大轰炸中消失的图书俱乐部的原址上，落成了东京古书会馆。

昭和四十二年（1967），古书会馆经历了一次翻修。但我们今天看到的古书会馆，实际上是平成十五年（2003）重建的产物。新建的古书会馆，地上八层，地下一层，是一座过于结实的现代建筑。为什么这样说呢？东洋书业历来有种说法："书本的重量仅次于黄金。"会馆除了长年举办各种书展、拍卖活动外，还需为旧书店会员提供寄存装满书籍的保管箱的服务，真正是"不堪重负"。因此，在设计时，采用了特殊方案。按日本的建筑标准，通常的现代钢混结构建筑，每平方米承重约 300 公斤，而会馆出于特殊需要，极大提高了承重系数，设计承重每平方米不低于 800 公斤，成了名副其实的书业"重镇"。

东京古书会馆长年定期举办各种各样的行事，有的历史已跨越半个世纪。如明治古典会主导的七夕古书拍卖会，2013 年已是第四十八届。明治古典会，是加盟东京古书组合的七百余家旧书店中约三十家专业旧书店（如小宫山书店、梓书店、原书房、夏目书店、玉英堂书店等）结成的行业组织，其经营委员会、干事和会长均由加盟书店轮值。每年七夕——从 7 月 5 日到 7 日的三天，举行古籍善本拍卖活动。前两天可自由参观，但第三天的投标会则不对外，只面向会员书店的业者代表。旧书店店主出身的作家青木正美在《古本屋五十年》一书中记录了早期七夕拍卖

位于神保町小川町的东京古书会馆。

会的场景：

古书会馆那会儿还是木造平房的旧馆。明治古典会的经营委员会由新松堂书店的杉野宏氏、杉浦书店的杉浦台纪氏、今井书店（现忠敬堂书店）的今井哲夫氏三位前辈加我共四人组成。卖场是榻榻米式的和室。我一到卖场，就开始码桌子——把作为轮流投标台用的板桌的活动四脚折叠起来，在榻榻米上摆放成一个"コ"字形，中间留出空间，外侧按时常坐满四五十人同业者的阵势放上坐垫。

……

客户每次有四五十人，正中必坐着会长反町茂雄氏。他只要往那一坐，卖场的空气突然就紧张起来……单独的书一册，其他则两三册一组，或五六册一组，用绳捆在一起。经手的品目中，书以外的东西，会放在特意预备的木盆中传递。书籍中的珍品，如那些高价的，带书衣、函套者，或放在台上传来传去易损坏者，也用这个木盆。——如此，所有付拍的物品，一件一件，每件上都附着一个放投标价签用的信封。

付拍品在投标台上，在四五十位客人的手中一路传来递去。客户们随意地把玩拍品，研究一番，然后把自己想好的价格写在价签纸上投标。若需仔细考虑，或给店里打电话确认有无进货的话，也有暂留拍品的自由。就这样，附在拍品上的信封，或被塞得满满的，或者只有一两枚价签，有时竟然连一枚都没有就被送回"终点站"的开标场。

在这里，由兼开标人的四位经营委员，逐一开标。[1]

作为拍卖会组织者的经营委员会，为保护旧书店业者们的利益计，有意采取"暗标"的形式，以防出现"明标"竞拍时，标的被钓得过高的情况。要知道，按惯例，中标额的 10% 是作为拍卖佣金支付给组织者的，但设局者宁可压缩自己的利润空间，也不愿看到超出合理范围的高标的出现。如此人性化考量的背后，是书店业者们（拍卖会的设局者也是书店主）最看重的，书籍在书店与读者之间高效的流转。一本书，从新书店的书架到读者的手中，读者读完后卖到旧书店，再转到下一位读者的手里，如此行旅，可数度往返，书金是船票，收获的是知识与欢愉。旧书店主们作为这种行旅的呵护者，在送走一本书的同时，期待它的返航，真心不愿因某次船票价格过高而败坏了读者的雅兴，从而为行旅划上休止符。

东京古书会馆的另一个恒例行事是每年秋天的神田古本祭，确切地说，是神田古本祭的一部分。神田古本祭创设于昭和三十五年（1960），到 2013 年已是第五十四届。主要内容分两块：一是每年 10 月 26 日至 11 月 4 日的青空掘出市（意为露天淘宝集市），地点就在靖国通的路边，因系露天，遇雨中止；二是临近青空掘出市开幕首日的那个周末，从周五至周日的三天（2013 年是 10 月 25 日至 27 日），于东京古书会馆举行的特选古书即卖展，风雨无阻。先说后者。

---

[1] 青木正美『古本屋五十年』（筑摩書房、2004）、122～126 頁。

2013 年 10 月 25 日，早八点半，离开幕还有一个半小时的时间，古书会馆前就已经长蛇布阵了。我大致数了一下，约有八九十人，多为头戴礼帽的老者，也有几位中老年女性，几乎人手一册文库本，边阅读，边等候开门。十点整，会馆准时开门。展场位于地下一层，空间并不很大，各个参展书店的展柜展台在中央和沿墙边排成一个"回"字形，两个"口"之间便成了过道，书客们大致沿着顺时针方向随意浏览，看完"内环"，看"外环"。大致说来，特选即卖展场的货色分几类，有善本、签名本、初版本和洋书，还有艺术书（画集、摄影集、绘本等）和艺术品（浮世绘、摄影和版画等）。除了极少数珍本锁在玻璃柜中，绝大多数版本都置于台子上，可随手把玩，甚至翻阅，但严禁摄影。

个人最感兴趣的，是签名本和摄影集。可绝大多数一看标价，便果断打消了把玩的念头，省得闹得慌。谷崎润一郎的签名本少有低于 6 万日元的，三岛由纪夫的签名本按说更贵，但竟然一本未见到，看来是小宫山书店未撒手。一册石原慎太郎著《太阳的季节》——新潮社初版（1956 年）精装的"美本"，标价 5 万日元，狠狠地打击了我，可没想到更大的挫折还在后面：比亚兹莱初版初刷的一套木刻，标价仅 16 万日元，按说确实不能算贵。我在台前把玩了约二十五分钟，边把玩边向老板提问，直到把所有细节都问到底掉之后，一咬牙，放下画，"绝尘而去"——我感到了脖梗后面老板惊愕的目光。那天的收获是十六册：包括武者小路实笃、林芙美子、横尾忠则的签名本，永井荷风、远藤周作、神近市子、高峰秀子的初版本，波士顿

神田古本祭创设于昭和三十五年（1960），到 2013 年已是第五十四届。

Little Brown 社 1911 年版的小泉八云（Lafcadio Hearn）的《神国日本》（*In Ghostly Japan*），ARS 社初版（1954 年）的土门拳摄影集《风貌》和赫尔穆特·纽顿的原版摄影集《波拉女郎》（*Pola Woman*），等等，斥资 42100 日元。对购书 5000 日元以上者，会馆免费提供邮寄服务（限于日本国内）。于是，在出口处办了手续，我就心满意足地喝酒去了。翌日上午，一个宅急送纸箱就到了我所住的酒店前台。自然，经过物流业者的专业包装，品相毫发无损。

返过头来，再让我们看一看青空掘出市。沿着靖国通，活动书架在步道上一字排开，从岩波书店图书服务中心一直到三省堂书店，绵延足有一站地。如果说古书会馆的特选即卖展带有珍品拍卖性质的话，那么青空掘出市则是一般性图书，在限定期限内让利甩卖。据说，颇有些穷文人，一年到头克制买书的欲望，只在这几天出来淘书。现场确实见到不少肩背背囊、手拉旅行箱的书客，八成是刚下了新干线就直杀过来的地方书客。我因为在古书会馆已然造光了预算，本没打算在这淘宝，但还是不由得买了几种摄影集和艺文类图书。有些书便宜得令人难以置信，如一套原书房 1980 年新装版的《明治文化史》（函套精装十四卷本），只要 16800 日元（且是税后）。

在一处专营历史类书籍的摊位，我看上了一套矢田插云著、中央公论社 2009 年新装版的《从江户到东京》（九卷文库本），用塑料绳捆在一起，标价只有区区 1000 日元！我早知这套书，第一眼就决定拿下。但既然决定了，也就没着急，又在附近俩摊位踅摸了一会儿，想看看还有没有其他目标。待我回来时，一位学者模样的中年男子腋下夹着那套书，正在交款。我心中一紧，急忙问收银的女店员，那套书还有没有。店员回我说，只带过来一套，是专为应对青空市的。店中还有一套，不过标价不一样。我问多少钱。

"记得好像是 5000 日元。"她说。那一刻，我觉得自己化作了冰雕。

神保町的周边

吾友、日本画伯、《书的杂志》创始人泽野公[1]先生在他的绘本《速写本》的后记中写道：

> 旧书肆、乐器店、画材屋——只要街上有这三种店，便可过一生而不至感到乏味。在日本，最喜欢的街是神田、神保町、御茶水一带。从御茶水站到骏河台下，乐器店栉比鳞次，一路逡巡，挨家窥视；漫步旧书肆街的周边，画材屋可要看仔细；登山道具店是净逛不买；最后一准在老铺啤酒屋"Luncheon"[2]落定。
>
> 坐在二楼靠窗的座位上，喝一杯兑了一半黑啤的 Half & Half 生啤酒，不知不觉闭上眼睛，双手合十，从心底感

---

[1] 沢野ひとし（Hitoshi Sawano, 1944 ~），爱知县出生。日本著名插画家、绘本作家、随笔家。

[2] 日文店名为"ランチヨン"。

恩所有的神。

泽野的话，道出了神保町繁盛的另一个秘密，那就是：书店周边产业的发达。乐器店、唱片店、画材屋、文具店、体育用品店（主营登山、滑雪、网球用具）自然不在话下，街上常见身背电吉他和大写生夹的艺青走来走去。冬天，一辆豪华跑车停在体育用品大厦的门前，不一会儿，身穿滑雪服、头戴毛线编织的防寒帽的青年抱着一副滑雪板出来，架在车顶上，固定好。几小时后，长野某个滑雪场的雪道上便多了一对情侣……但，这种风景还不是我所关注的。对我来说，淘书之余，顶重要的只有两件事：咖啡和饕餮。而这两宗，神保町恰恰是上好的选择。

先说咖啡。大抵文人扎堆的地方，必有咖啡（或酒吧），这不用诠释。但对日人来说，曾几何时大陆小资圈的流行语"我不在咖啡店，就在去咖啡店的路上"，多少显得有些做作：因为咖啡是用来泡的，而不是用来炫的。咖啡文化（日文写作"吃茶店文化"）与书文化、杂志文化相互渗透，相互融合，毫不夸张地说，已到了每一种书（志）的码洋中，都包含了相当份额的咖啡豆的程度。

铃兰通南侧、内山书店东侧街角上的"咖啡露台古濑户"[1]，是一间欧风咖啡，专营炭火焙煎，口味正宗。老板是工学院建筑系出身，店面设计是纯正的英国范。老板娘远比老板出名：演员城户真理子，出生于爱知县濑户市古濑户，是当地一间有名的瓷

---

[1]　日文店名为"カフエテラス古瀬戸"。

书街的旁边，是著名的乐器街。

窑主的女儿，店名便取自她的出生地。先于电影明星的城户真理子，作为油画家的真理子成名更早。一进店门，跃入视野的是一幅整面墙的壁画，正是老板娘的作品。这幅尚未命名的壁画（一说初期曾名为《浮游之桃》）先后绘制了五年，据说至今仍未完工。

位于神保町地铁站 A7 出口巷子里的"沙保"（Sabor）吃茶店，开业于昭和三十年（1955），与自民党的执政时间（所谓"1955年体制"）等长。红砖青瓦，店门外的喜玛拉雅杉树、木雕图腾柱和一台老式红色投币公用电话，已成神保町的 LOGO。店主铃木文雄至今犹记得"全共斗"时期，参与组织请愿的大学生跑进店里装作喝咖啡的文化人逃过警察追捕的一幕。当时一杯普咖是五十日元，而在钱汤泡一次澡是十五日元，拉面一碗三十日元，"沙保"的经典咖啡对学生来说还是贵了点。如果哪天在店里碰到某位前芥川奖得主，边喝咖啡边接受媒体采访，那是完全不必吃惊的。因为，文豪级作家在这儿与岩波书店、文艺春秋社的文学编辑谈选题、签合同什么的，早就见怪不怪了。

"Ladrillo"[1]于昭和二十四年（1949）开业，是神保町最初的咖啡店之一。吧台前一排高脚圆凳，据说是几个名教授和艺术家的专座，即使闲着，一般也没人敢坐。或许正因为是门槛至高的老铺，有几次芥川和直木奖的得主，特意在此坐等结果揭晓。位于神保町十字路口北侧的"Erica"[2]，是一间由留德的建筑师设计的北欧风格咖啡，在西神田还有一家姊妹店。2003 年，由侯

---

〔1〕　日文店名为"ラドリオ"。
〔2〕　日文店名为"エリカ"。

孝贤执导的纪念小津安二郎诞辰百年、向大师致敬的故事片《咖啡时光》中的大部分场景，正是在"Erica"西神田店拍摄的。

在神保町做饕餮族，乍听上去，似乎有些不靠谱，因为东京的食街实在是太多了，应有尽有。一般人若想周末去哪儿饕餮一把的话，当首选新宿、池袋、银座等闹市，喝"梯子酒"，一晚上转个三四家店，断不会重样。然而，饕餮在神保町绝不是一个"伪问题"，不仅不伪，可以说还相当真实，很"给力"。在神保町，饕餮的不是别的，是文化和特色。而文化的形成和特色的酿造，则是基于神保町独特的历史。

先说特色。用老资格的神保町通人刚爷（小说家、直木奖得主逢坂刚）的话说，"美味、廉价、量大"是在神保町开店的"三原则"，"不能满足这三大条件的话，在这儿练料理屋是难以为继的"。这一带过去学生多，"廉价、量大"是店家得以立足的基本条件。后来，学生数量减少，上班族激增。白领们比学生有钱，嘴也刁，于是在"廉价、量大"之上，又多了一条"美味"。如果你习惯了在神保町打牙祭的话，换其他地界外食，也许会感觉吃不饱。

再看文化。大体说来，神保町的美食主要有四大类：中华料理、咖喱屋、拉面店和烧肉馆。中餐馆的集中是历史原因——这一带自清末便是中国留学生的集散地。位于神田今川小路（即今神保町三丁目一带）的"维新号"，是神保町中华料理的始祖。明治三十二年（1899），由华侨郑余生创业。创业之初只是一爿小店，连店名都没有。店主同情康梁的维新运动，于是取名"维新号"。别看一介陋店，店名曾多次出现于周氏兄弟和周恩来等人的日记

　　虽说是书街，但到了饭点儿，到处是排队等待饕餮或"感官享乐"的人们。

或书信中，名气甚大，蒋介石离日归国前的送别会也在此举办。据郑氏生前回忆，革命派留学生遭日本警察追捕，仓皇逃进店中。店主见状，马上把人引进后厨，化装成厨子，躲过一劫。但大正七年（1918），因革命派在店内举行反日集会，四十六名留学生被警察拘捕，带到附近的西神田警署，成为轰动一时的事件。昭和二十二年（1947），"维新号"迁至银座，至今仍由郑余生的后人经营。

目前，神保町有号称"四大中华"的名店，曰"新世界菜馆""扬子江菜馆""三幸园"和"汉阳楼"。"汉阳楼"创业于辛亥之年（1911），初代店主是宁波华侨顾云生。对辛亥时期壮怀激烈、同时又满腔乡愁的革命派留学生来说，"汉阳楼"口味清淡的江南料理非常富于"治愈"效果。据说孙文避难东京时，肠胃很弱，吃不惯日料的冷食，专叫顾老爷子亲自掌勺的菜粥。另一名浙江籍留学生周恩来，虽然只在东京住过一年半，却多次偕同乡来"汉阳楼"饕餮，周独钟狮子头。"汉阳楼"至今保留着"周恩来菜单"，第一品就是狮子头。

在东京堂书店的旁边，曾有一家叫做"冷华楼"的中餐馆，老板娘是一位风姿绰约的徐娘。据说，在徐娘掌柜的岁月，这条街上有很多老爷们儿过往，以中老年为主，有的就是为了看一眼老板娘的姿容而刻意经过。若吃盒饭，也必从"冷华楼"订购。逢坂刚承认，自己年轻时也是这群老爷们儿粉丝团中的一员，"照我看，女掌柜年轻时一定是绝世的美女"。可以想象，因区域规划的缘故，"冷华楼"迁走后，这群中老年书客们内心该有多寂寞。

与中华料理相比，咖喱屋、拉面店和烧肉馆未必有那么多说道，但味道绝对一流。为什么呢？架不住竞争激烈呀。以咖喱屋为例，弹丸之地，有不少于六十家，相当于平均三家书店便有一家咖喱屋，乃至神保町被称为"咖喱圣地"，频频占据时尚美食杂志的封面。牛肉咖喱、鸡肉咖喱、菜蔬咖喱、印度咖喱、欧风咖喱……不一而足，种类之丰，穷尽想象。缘何会有如此之多的咖喱店呢？缘由还在书里：

淘书是一件体力活。尤其是神保町这种书城，南北东西，一百七八十间书店，连逛几家下来，手里大包小包，没个不累的道理。到了饭点儿，肚子咕咕叫，趸进最近的店家，填饱肚皮是正经。读书人易患消化不良症，原因之一据说是边看书边吃饭所致。而咖喱饭，像盖浇饭似的，充其量只有一只餐盘，外加一小碗汤，占空间最小，书客可尽情地在餐桌上摩挲刚淘来的绝版本。吃的时候，单手执勺即可，另一只手可随意翻书，何等简单、合理而惬意！

古书祭记事

2015 年 10 月 23 日　星期五　晴　19 度

一出门就发现，天晴得简直不像话。从我的公寓乘地铁半藏门线，到神保町只有六站地，快得来不及读完一篇微信推送的长文。到了神保町十字路口，见沿街已排满了书架，系着围裙的伙计正忙着从店里往外搬书，一摞摞搬出来，再一本本插在书架上。我沿着御茶水仲通往北，到了 JR 御茶水站的圣桥口——在那儿与作家、设计师朋友于晓丹汇合。九点三十分，见晓丹从站里飘出来，竟分秒不差，果然不愧是来自大都会纽约的时尚中人。

从丸善书店的旁边，重新沿着御茶水仲通顺坡而下，经过尼古拉堂和三井住友海上大厦，在街口的太田姬稻荷神社右转，再左转，就到了东京古书会馆——第五十六回神保町古书祭特选卖场。我看了下表，离开门还差十六分钟。门前已排起长龙，我估摸了一下，大约有七八十人的样子，清一色老者。至开门时，见身后差不多又长出了同样长度的"尾巴"，我们刚好夹在正中。

十点整，大门开。队伍穿过大厅，从大厅的楼梯下到地下一层多功能厅，在门口处存包，始终安静有序。及至进入特选卖场，便如水银泻地，"哗"地四散开来。我和晓丹大致定了中午去吃面的时间，就解散了。

一个总的感觉，今年的特选卖场，出品似不及往年多，中国古籍尤其少，洋书却相对丰富，不知与近年来中国旧书商对神保町的大举进攻可有关联。洋书中，如英国传教士亨利·诺曼（Henry Norman）的《真正的日本——日人的风俗、习惯》（*The Real Japan：Studies of the Contemporary Japanese Manners, Morals, Administration, and Politics*），伦敦 T. Fisher Unwin 社 1892 年版；另一本《日本人的社会和精神进步》（*Evolution of the Japanese*）也是英国传教士所著，Gulick 社 1903 年版。两种均为真皮面精装，书口烫金，插图版，堪称"美本"中的"美本"。

出品最多的，是东洋和本。所谓"和本"，并非日本书籍的统称，而是有特定内涵的书志学概念：日本做书，始于 1300 年前；而制作现代活字印刷的洋装书，则是明治中期以降的事。在洋装书成为主流之前的大约 1200 年，即为和本的历史。江户时代的浮世绘，也是和本之一种（草纸、册子）。神保町古书祭一向是和本出没的重要场所。近三年来，笔者曾见过的和本珍本便有《古今和歌集》《江户名所图会》《大和名所图会》《山城名胜志》等等，可谓丰饶。今天，又在松云堂展位的货架上见识了《日本王代一览》《镰仓太平记》等珍本。成套的，厚厚一摞，用塑料绳打捆。我不懂旧学，一向在古书面前自惭形秽，其价格亦非我所能问津，便未恋栈。

就我的主要目标——日本现当代文学初版本和签名本、摄影图册及版画而言，今年明显不如去年。因小宫山书店等大藏家未出现，三岛由纪夫的签名本再度轮空，此乃一大憾。近年来，三岛签名本之有无，几乎成了我评价神保町古书祭的一大指标。不仅如此，除了三岛，也未见谷崎润一郎、川端康成、安部公房等超一流作家的签名本，甚至未见坊间流传颇夥的大江健三郎（虽然我个人对他并不感冒）。在超一流作家之外，石原慎太郎的签名本是个人很看重的。记得去年曾有过不止一种，包括其成名作《太阳的季节》，今年竟一本未见。不过，虽说如此，斩获是必须的，而且颇丰：

菊池宽是大正、昭和时期的文豪，同时也是大记者、大出版家。1923 年，以一己之力，自费创刊的综合论坛志《文艺春秋》，至今雄踞传媒出版界，是当之无愧的东洋第一大刊。1935 年，菊池为纪念友人芥川龙之介和直木三十五，创设芥川奖和直木奖，以奖励在纯文学和大众文学领域成就卓著的新锐作家，是日本文学界的最高荣誉。作为战前一代文坛领袖，菊池宽出版自选集时刚四十一岁，名声如日中天。《菊池宽集》由春阳堂于昭和四年（1929）3 月出版发行，限定 1000 部，全部编号，我购入的这本为 1000 册中之 624 册。大三十二开，真皮精装，入函套。封面烫金压纹，且纹饰相当繁复，透着大正时期极端洋范儿的装饰主义调子。三面书口也全烫金，是真正的豪华本。价格到底不菲——"金八元五十钱"。照友人、共同社资深记者岩濑彰先生在《"月

俸百元"上班族——战前日本的"和平"生活》[1]一书中的研究，
昭和初期的五十钱大致相当于现在的 1000 日元，那么书金换算
成时价，约为 17000 日元。搁今天，估计连 300 部也卖不出去。
装帧设计是竹久梦二的大弟子恩地孝四郎。恩地作为日本屈指可
数的书籍装帧大家，惜墨如金，出品有限，但由他操刀的书，从
无"贱本"，我正打算明年 2 月去东京看他的回顾个展。集中收
录了《恋爱病患者》《珍珠夫人》等十九篇中短篇小说，共 732 页。
扉页有两页，每一页前面均附有薄硫酸纸，工艺极其考究。扉二（像
页）是一帧菊池宽的和服半身摄影，照片的左下，是作家本人的
毛笔正楷签名：菊池宽。

文坛宿将伊藤整是老一辈文学批评家、翻译家，也是战后文
学史和出版史上一个重要事件的主角：昭和二十五年（1950），
由伊藤整翻译的英国作家 D.H. 劳伦斯的小说《查泰莱夫人的情
人》（两卷本）出小山书店出版，两个月热销 15 万套，成为风
靡一时的大畅销书。可不承想，译者伊藤整和发行人小山久二郎
旋即遭东京地方检察院起诉，罪名是"猥亵文书贩卖"——一场
旷日持久的官司和论战拉开序幕。后小山氏被判处 25 万日元罚
金，伊藤氏无罪。战后初期的这场笔墨官司，对捍卫文学艺术的
表现自由和公民的言论自由具有重大意义。伊藤整还是一位优秀
的诗人。这本由光文社于昭和二十九年（1954）11 月刊行的《伊
藤整诗集》，囊括了诗人从战前到战后初期出版的四部诗集，小

---

[1] 岩瀬彰『「月給百円」サラリーマン——戦前日本の「平和」な生活』、2006
年 10 月、講談社。

菊池宽签名本

三十二开，布面精装，扉页上印着一片树叶。卷首插页上有诗人的钢笔签名，蓝黑墨水，熟练的手写体。

东瀛文坛有所谓"Double M"的说法，指两位实力派一线作家：村上春树和村上龙（日文中，"村上"的姓氏以"M"为字头）。特选卖场上，眼见村上春树《世界尽头与冷酷仙境》的新潮社初版本[1]，以22万日元的标价摆在醒目位置，我不为所动（当然，多一半也是因为价格，动了也白动），但对另一个村上，却不得不动心，遂拿下两种，了却了一桩心愿：一本是成名作、芥川奖获奖作品《无限近似于透明的蓝》[2]，另一本是《战争在对岸开始》[3]。两本均为讲谈社初版本，前者刊行于1976年7月，后者则于1977年6月付梓。前者是残酷青春的记录，写得极富感官性；后者则是一部观念性极强的实验小说。两本书均是村上签赠给川村二郎的签名本。川村二郎是一位新闻记者出身的随笔家，曾任《周刊朝日》总编辑和《朝日新闻》编委，出版过王贞治和白洲正子的传记。

名版画家池田满寿夫是一位越界的天才，几乎涉足视觉艺术的所有领域。以艺术家的身份斩获芥川奖者，只有他和赤濑川原平，不做第三人想。池田的签名本（画册、摄影集等），我其实藏有不止一册，但见到《献给爱琴海》[4]的初版签名本时，还

---

〔1〕　村上春樹『世界の終りとハードボイルド·ワンダーランド』、1985 年 6 月初版、講談社。

〔2〕　村上龍『限りなく透明に近いブルー』、1976 年 7 月 14 日第一刷、講談社。

〔3〕　村上龍『限りなく透明に近いブルー』、1977 年 6 月 24 日第一刷、講談社

〔4〕　池田満寿夫『エーゲ海に捧ぐ』、昭和 52 年 4 月 30 日初版、角川書店。

是难禁诱惑。池田凭这部关于偷窥、情欲的小说捧走芥川奖的怀表，跻身文学界。1979 年，画家亲自改编、执导，小说被搬上银幕。那些在意大利和希腊的外景地拍摄的、由匈牙利裔意籍肉弹明星小白菜史脱乐（Elena Anna Staller）全裸出演的镜头，风靡列岛，创下了前所未有的票房纪录。后部分电影画面和画家作词的主题曲《爱琴海的丽莎》（Lisa del Mare Egeo）被著名内衣公司华歌尔（Wacoal）买断，作为电视广告，曾长年占据各大民间放送的黄金时段，被看成是艺术与商业结合的完美案例。初版本的扉页上，有画家用圆珠笔画的抽象女体，极简的线条酷似毕加索；扉前的插页上，是画家用金色荧光笔的签名，落款时间是"92.2/7"。五年后，画家辞世。

在一套标的为 28000 日元的六卷本《北欧版情色的历史》（A History Eroticism）[1] 面前，我久久徘徊。先是通过场内广播找来了店主，了解一番版本的详情。接着，在书客的人流中拦住了正四处蹚摸的于晓丹。我指给她看那套书，大致说了下我对内容和版本的了解，然后征询她的意见。晓丹的思路直截而简单，透着美国式的合理主义："你要是觉得能为这套书写一两篇文章，且文章发表后的稿费能抵书款的话，那就应该买。"我登时脑洞大开，同时在心里郑重拜托了几位专栏编辑。于是，这套六卷本就成了我在本届古书祭上的"收官之作"。斯堪的纳维亚诸国，在国人心目中一向有种"性天堂"的模糊印象和神秘感，却很少有人知

---

〔1〕 『エロスの歴史』：オーヴ・ブリュセンドルフ／ポール・ヘニングセン著、大場正史／宮西豊逸訳、昭和 42 年 4 月 12 日～ 9 月 12 日初版、二見書房。

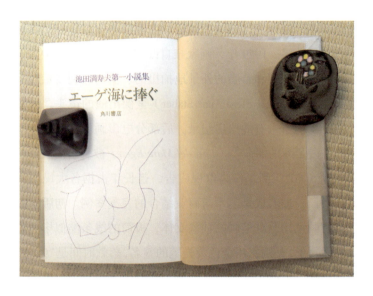

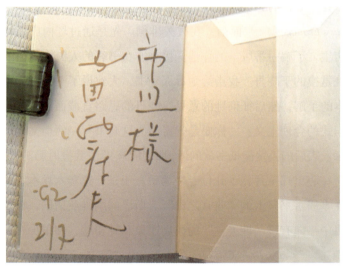

画家酷似毕加索的极简线条和金色荧光笔的签名。

六卷本《北欧版情色的历史》（*A History Eroticism*）；画家用银色荧光笔的英文签名"Kuniyoshi Kaneko"。

道他们的性观念到底是怎么一回事，缘何形成，从哪里来，到哪里去。这套书揭开了蒙面的纱丽，从爱的本质、诗人之爱，到暴君的性盛宴、中世纪的卖春，从同志爱、虐恋，到少年爱、萝莉之美，到"动物性"及人类性的未来，是对性文化史的一个长廊式复现。每一卷都有数十帧插图，有的是插绘，有的是黑白摄影。作者从劳特累克、纪尧姆·阿波利奈尔、毕加索到皮埃尔·莫里尼埃，直到当代西方的摄影家，不一而足。那些插图如果放在别的场合，任何一帧都足以令人耳热心跳，但在这套书中，却显得琴瑟和谐，全无违和感。全书的装帧设计是今年 3 月 16 日故世的，以美艳、出位的情色表现而著称的艺术家金子国义。除了各卷的封面绘（共六帧）之外，在每一卷扉前的黑色空白页上，有画家用银色荧光笔的英文签名"Kuniyoshi Kaneko"，有种哥特体风格。如果从书品之"完璧"（1967 年的初版书，除了自然泛黄的时间痕迹，无任何品相问题），特别是联想到艺术家往生时间的话，我自揣这套书就是金子国义本人的收藏。如很多大家一样，殁后因无后人继承，藏书墨宝便散落坊间，明珠暗投。文化之命悬一线，令人唏嘘。

我每年来逛特选卖场，结账时都会让伙计开一张领收书（即手写发票），不为报销（也没地儿报），徒留个念想而已。今年的票面金额是 71500 日元，记得去年是 80100 日元——"预算"竟有结余，足可慰藉，夫复何言？

结过账，发现晓丹已先出来了，手里拎着神田古书街的黄色大纸袋。看得出，她也收获颇丰，不虚此行。后来才知道，她买了一本现代时装设计之母 Madeleine Voinnet 的传记（法文版）和两

今年的票面金额是 71500 日元，去年是 80100 日元——"预算"
竟有结余，足可慰藉。

第五十六回古书祭挑灯夜战。

巨册 Fashion 画册，都是洋书，算是她的专业书，斥资 15000 日元。出了古书会馆，刚好到了我们约定吃面的时间。在一家熟悉的拉面馆落座后，大中午的，我还是点了一瓶啤酒，聊为"祝捷"。吃完面，把手里的大纸袋存到车站的投币存储柜里，我们接着杀向古书祭的主战场——露天淘宝市（日文叫"青空掘出し市"），即从岩波图书中心的台阶下，一直到小川町地铁站，沿着靖国通的步道一字排开，绵延两站地的露天书市。店家们会把平时积压的库存以相当便宜的价格甩卖。对我个人来说，因神保町书街常来常往，每次必"扫"，似无必要专挑这三天逛，而真正有意义的还是古书会馆的特选卖场。加上预算早已底掉，也就不再恋栈了。遂带着晓丹从西向东走一遭，走马观花，聊尽"地主"之谊。

走了不足百米，便邂逅了两位旧书店主朋友，都是我常逛的艺术系旧书店：一位是蜻蜓文库（かげろう文庫）的加藤老板，西装革履，貌似正准备应对电视台的采访；另一位是波希米亚书店（BOHEMIAN'S GUILD）的樱井青年，告诉我店里新近入手了一套竹久梦二画集初版本，一套四卷，让我过去看一看。我应了，可后来却没去。一则没时间，二则实在是没地方放了——临回国前的两三天，整天焦虑于在羽田机场如何应对行李超重和在帝都机场如何应对开箱检查的"虚拟"问题，不亦乐乎。

要说矫情，大约也不无矫情。不过，对书人来说，这种矫情，也算是一种"蜜甜的忧愁"吧。

神保町，撒哟娜拉。

辑外　何谓书香社会

漫话东瀛书业和书店文化

对世界各国人均购读量的统计数据表明，日本是不折不扣的读书大国。这一点，基本无需诠释，只消稍留心一下东京电车上和车站、咖啡等公共空间的阅读风景便可了然。而读书大国的有效支撑，则是书业大国和书店大国——没了后两者，阅读便成了无米之炊。所谓书业，顾名思义，即生产图书的产业——出版业？但我个人话语中的出版业，则是包括了新闻媒体（特别是杂志）在内的广义内容产业的概念，或者叫做"大出版"。而书店，按理说应该算是书业的一环。但为了谈论的方便，我们权且把这一环拎出来，作为与出版相平行的课题，来单独探讨。

先从书业谈起。拟围绕新闻媒体、图书出版、出版的激励机制和出版业的"东洋标准"这四个层面来展开我对东瀛书业的观察。

新闻媒体

我为什么选择从新闻媒体的视角切入出版问题呢？主要基于

三个理由：一是媒体与出版（这里指图书出版）有很多重合的"交集"。日本的媒体，特别是杂志，很多是出版社在办。如著名的讲谈社旗下，盛期时有百余种杂志，甚至出现所谓"杂高书低"（即杂志的销售额高于图书码洋），以志养书的现象。媒体大多拥有自己的出版社，且很多是重要的大型出版社，如大报中的朝日新闻出版社、每日新闻出版社和日本经济新闻出版社，杂志中的文艺春秋出版社等，都是出版业巨擘。

其次，媒体是出版的"底本"。以动辄数百万份，甚至上千万份计的大报为龙头，海量发行的报章杂志，几乎达到（每日）全国人手一纸（志）的程度（日全国人口目前约为1.27亿）。日复一日，媒体生产线上产出的天文数字单位的内容产品，除了一部分单纯的信息之外，其余相当的部分，会直接转化为图书出版的内容，如报纸和时政、文化类杂志上文艺副刊中的专栏和虚构、非虚构作品的连载。

第三，人才也高度重合。现代大众传媒与大学一样，是思想和新知的熔炉。尤其是日本媒体，高度的精英化和广泛的覆盖，优秀的畅销书作家和学者辈出，代有人才，各领风骚。如前《文艺春秋》杂志政治记者、曾以《田中角荣的金脉与人脉》的调查把田中角荣拉下马的立花隆，转型为著名的畅销书作家；笔者的友人、已故《东京新闻》编辑委员清水美和系著名的中国问题学者，著述颇丰；腾讯"大家"的签约专栏作者野岛刚则是《朝日新闻》记者，同时也是作家，致力于日文和中文双语写作，在中日两国出版了多部非虚构作品。

日本的新闻媒体与出版的距离很"近"，甚至有种"螳螂捕蝉，黄雀在后"的态势——"螳螂"是报纸杂志，"黄雀"是出版社。即报纸杂志是上游，是中间产品，而出版社是下游，负责"收割"，推出的出版物是最终产品。譬如，有一种刊物叫综合杂志，或者叫"论坛志"（Opinion Magazine），月刊，很厚，像书一样，如《文艺春秋》杂志，平均有 524 页。这类杂志，为日本所特有，与大报一样，多系战前就存在的百年老杂志。在内容上，顾名思义，像一个论坛一样，形形色色，五花八门，从时评、调查、政论，到随笔、小说、书评，一应俱全，要啥有啥。其中，还包括大量连载，虚构和非虚构都有。多的时候，十个八个连载同时开张，不在话下。不用说，这些连载，大多与出版直接捆绑，一俟连载结束，马上会推出单行本。如 2014 年 8 月，《文艺春秋》上连载的村上龙的小说《老恐怖分子》（オールド・テロリスト）终于迎来了最终号（第三十九回）。可以断言，如无意外，同名单行本小说不日即将由文艺春秋社推出。这种论坛志，七八年前有十数种，且政治立场左、中、右俱全。近年来，受制于日本国内舆论磁力场的变化和出版不景气，急剧减少，目前仅剩下《文艺春秋》《中央公论》和岩波书店的《世界》等数种，但都是重要的舆论和出版平台。

这种新闻媒体和图书出版你中有我、我中有你，相互渗透、双向互动的现象，并不唯东洋所独有，却以日本为盛。特别是在互联网资源整合加速的今天，媒体与出版的边界日渐模糊，乃至所有谈论大众传媒的著作必论及出版，反之亦然。

图书出版

东洋出版历史悠久，传统深厚。天正十年（1582），基督教传来日本未久，日本向欧洲派遣了由四人组成的少年使节团。他们回国时带回了铅铸活字和木制印刷机——此乃西洋活版印刷术舶来日本之初。日人开始仿造活版，以罗马字、汉字和假名混用的表记方式，印刷《圣经》等基督教书籍，称为"传教版"（キリシタン版）。但由于此前从中国传来的木版印刷已然在日本落地，并用于印刷经文，这种从西洋舶来的活版印刷未能在东洋生根。庆长年间（1596～1615），京都出现了民间出版业。江户时代，基于整版印刷术（一种比活字印刷术更先进的、适用于大量印刷的印刷技术）之上，由版元（出版社）、问屋（中盘商）、本屋（书店）及贷本屋（图书馆）构成的书业已相当发达，酿成了由浮世绘、滑稽本和人情本（插图版恋爱小说）构成的活色生香的前现代出版文化（即所谓"和本"文化）。

日本现代出版业与国家的现代化进程同步，甚至更早一些，滥觞于幕末时期。经过明治维新和自由民权运动的洗礼，迅速成长，大正时期已有相当规模。昭和元年（1912），由改造社推出的"元本"（即书价仅1日元的廉价文库本），一扫此前清一色豪华本的陈腐风气，为出版业注入了前所未有的生机。最初的"文库热"是在一战前后，距今刚好一个世纪。至二战前夕，日本出版业取得了长足的发展，有了岩波书店、文艺春秋、讲谈社等出版大鳄和岩波茂雄、菊池宽、野间清治等名出版家。

战后，出版业不仅是国民经济的重要部门，而且是消费社会的推手，一路高歌猛进。即使在经济复兴时期，出版物的发行量也在飙升，甚至遭遇石油危机（1973年）的挫折，增速都未见放缓（出版种类和码洋都在增长）。泡沫经济崩溃后，出版业仍维持了五六年的增长，至 1996 年达到峰值。接着，是漫长的不景气时代，出版业开始衰退。出版社从盛期时的 4612 家减少到 3734 家（2011 年数据）；出版新书种类从每年 8 万多种，降至 7.9 万种，总发行量为 13 亿册。与出版衰退同步发展的，是读者阅读趣味的"脱活字"化和多元化：从 1995 年秋季开始，个人电脑逐渐普及；接踵而至的，是手机。这种"四六时中，人手一机"的现象，极大地改变了出版环境，在此前录像带文化的基础上，个人消费开始向电玩、动漫和流行音乐等后现代文化产品倾斜。

在这种情况下，出版要想"破局"，只能拼命扩大品种，同时减少印数。结果是，出版社、中盘商和书店三者"共谋"的"新刊主义"（"新刊"，日文中意为新发行的图书）越做越大，尾大不掉，退货率居高不下（约为 40%），造成了一定程度的粗制滥造和资源浪费。

不过，虽说如此，在出版持续不景气的 1997 年以降，仍不乏百万级畅销书（Million Seller）。如《五体不满足》、《傻瓜之墙》（バカの壁）、《国家的品格》（国家の品格）、《哈利・波特》（日文版）、《1Q84》等，均累计发行 200～500 万册。2013 年度第一畅销书是村上大叔的《没有色彩的多崎作和他的巡礼之年》（2013 年 4 月，文艺春秋社初版）。据说上市第七天，销售便轻破百万册大关。可以说，东洋出版业自大正以来近百年的现代化深耕，新闻媒体和图书出版高度依存的状况，及作为这二者共同酿造的结果——一个"书香社会"，使所谓"出版大崩溃"（2001年日本出版的一本畅销书）的神话成了伪问题。

激励机制

日本出版繁荣的背后，其实有一整套旨在鼓励创作、奖掖阅读、刺激发行的激励机制。尽管这种机制在本质上仍是商业的，但由于其对文化的倾斜性投入、程序设计的公正和操作的透明，大体保证了其有效运作，成为出版的"酵母"和"催化剂"。拟从两点来谈一下这个问题：一是广告和书评，二是文学奖项。前者的主体是新闻媒体，而后者主要由出版社和书店主导（也有一部分奖项由媒体创设，如读卖文学奖、每日出版文化奖等）。

大凡游历过东瀛者，都会对东京、大阪电车上一排排悬挂的车内广告惊叹不已。如果细加观察，便会发现，其中相当的部分，是各类杂志和书籍的广告。翻开《朝日新闻》《读卖新闻》《每日新闻》等大报，抛开一周一期的书评版不说，占据头版、二版等重要版面的广告，往往是图书广告。一些实力雄厚的出版社推出的大畅销书广告，动辄占据报纸的一整版，不在话下。如村上春树《挪威的森林》文库版、小林多喜二的《蟹工船》新装版、陀思妥耶夫斯基的《卡拉马佐夫兄弟》日译新版出版时，都在《朝日新闻》等大报上做过整版彩色广告。这在中国简直是不可想象的。即使面向主流知识社会定制发行的报纸如《南方周末》，整版插页广告也多是西门子、日立、海尔等上市公司，图书广告登陆大报几乎是天方夜谭。

从这里，亦能看出日本新闻媒体对出版等文化产业的重视。要知道，日本出版业的整体规模即使在鼎盛期的 1996 年，也不过是 2.6 万亿日元（指码洋）上下。经过连续 17 年的下滑，到今天已经缩水了35%，2013 年度为 1.69 万亿日元，只勉强与一家中型电机公司松下电工的销售额相当。试想，如果没有新闻媒体对出版业的倾斜政策的话，哪怕是利润最高的出版社，怕也休想在《朝日新闻》等"高级纸"上做广告吧。

媒体对出版的支持，除了广告，还有书评。日本出版界有所谓"书评三千"的说法，意思是一本出版物，只要在报纸上发表书评推介，实销量便不会低于 3000 册。主流大报都辟有书评版，请各自签约延聘的书评委员撰写书评，力求"理中客"。这些书评委员均为各学科领域成就卓著、世所公认的专家学者，独立于媒体和出版社，以立足于专业标准之上的个人趣味推介近期出版的学术新刊。如目前《朝日新闻》的书评委员有二十一人，其中不乏国人熟悉的学术大家，如艺术家横尾忠则、作家赤坂真理、哲学家柄谷行人、历史学者保阪正康和建筑师隈研吾等。

日本是不是文学大国，是一个见仁见智的问题，但日本肯定是一个文学奖大国。形形色色的文学奖和学术著作奖，对出版也是一种"催化剂"。战前由文豪菊池宽创设的纯文学奖芥川（龙之介）奖和大众文学奖直木（三十五）奖，有近八十年的历史，一年两度由文艺春秋社主持评选，是新晋作家成功的"窄门"。因寒暑假等原因，日本杂志在 2 月和 8 月是发行低迷期。为振兴销售计，文艺春秋社专门在这两个月评选芥川和直木奖，被称为"二八对策"。其中，芥川奖的获奖作品会在 3 月号和 9 月号的《文艺春秋》上全文刊载（日本的月刊通常提前一个月发行：即 2 月发行 3 月号，8 月发行 9 月号）。如笔者手头的这本《文艺春秋》新刊（9 月号）上，便全文发表了荣膺第一百五十一回芥川奖的大阪府出生的 70 后女作家柴崎友香的小说《春庭》（春の庭）。不消说，一个月后，小说的单行本便会由文艺春秋社出版，且十有八九是畅销书。顺便提一句，2014 年 8 月，荣膺第五十七回群像新人文学奖，并被第一百五十一回芥川奖提名的一部小说《我辈成猫》（我輩ハ猫ニナル，讲谈社，2014 年 7 月初刷），作者是冈山出生、曾在北京语言大学留学的 80 后新锐小说家横山悠太。作品描写一位中日混血儿为更新签证，离开上海的亲人赴日，在遭遇一系列文化震荡后，终于在御宅族（otaku）圣地秋叶原落脚的故事，不失为一部诙谐、另类的中日文化比较论。

除了芥川、直木奖，对小说、随笔和非虚构类作品，著名的奖项还有野间文艺奖、三岛由纪夫奖、川端康成文化奖、太宰治奖、谷崎润一郎奖、吉川英治文学奖、泉镜花奖、山本周五郎奖、大佛次郎奖、江户川乱步奖、新潮社新人奖、日本 SF 大奖、日本推理文学大奖、日本恐怖小说大奖、日本手机小说大奖等等，不一而足。除了文学作品外，还有各种学术作品奖：如上文提到的著名记者清水美和先生曾以中国问题的学术专著荣获 2003 年度亚洲太平洋奖特别奖；另一位常驻中国的著名政治记者矢板明夫先生，以习总书记的传记荣膺第九回樫山纯三奖。这是一个新近创设的学术著作奖项，专门奖掖用日文出版的东亚研究佳作。

日本的出版奖项多则多矣，但游戏规则公正，评奖过程透明，还真没传出过诸如我国的长江学术奖、鲁迅文学奖一类的乌龙八卦。但近年来，在文艺界和普通读者中也有不小的反对声音，认为既成的文艺奖项多系出版社和新闻媒体的"自作自演"，过于保守、自恋，在出版不景气的时代，已不能反映书业的现状，不利于推动文化的发展，理应打破云云。首先"破局"者，是"本屋大赏"（即书店大奖）。2004 年，在书评书店文化志《书的杂志》（本の雑誌）的动议下，书店业者成立了一个 NPO 机构——本屋大赏实行委员会，并通过这个机构来评选书店大奖。这个奖的最大特点是民主：作家、学者一律不带玩，由实行委员会组织全国新书店的店员（包括派遣雇员和临时工）自主在线投票，一人一票，按三个类别（"最有趣的书""最想卖的书"和"最想荐的书"），分别提名过去一年中的好书。再由该机构唱票、统计，最终产生十本好书。在第一回颁奖式上，《书的杂志》总编辑浜本茂高喊"打倒直木奖！"的口号，博得了满堂喝彩。毋庸讳言，书店大奖的获奖作多系畅销书，后被改编为影视剧脚本，搬上银幕者甚众——书店业者到底不是吃素的！

如此，正是通过新闻媒体铺天盖地的广告、专业化的书评和既富于悠久的传统、权威的学术性，而又不拘一格的各种出版奖项所形成的良性互动，日本出版才能在不景气的时代维系其精英气质于不坠，在产业规模整体缩水的情况下，力求最大限度地凸显品质，追求一种退而求其次的适度繁荣。

东洋标准

我本人作为一介读书人和藏书者，近二十年来，眼瞅着中国本土图书的开本越做越大，异型本增多，乃至在居大不易的京城不得不为藏书空间而犯愁。后来，待我进入某家出版社短暂工作后才明白，从编辑到读者，似乎有种默契的"共识"：凡畅销书，必大开本。如此"出版文化"真害人不浅："杀空间"，资源浪费，环保问题，对书价造成直接影响，酿成恶性循环。

日本出版史上，也有过类似好大喜功的"恶趣味"时期。那是上个世纪六七十年代，经济高度增长时期，"成功人士"争相用成套的精装大开本书来装饰书房，书籍成了价格不菲的"壁纸"。今天去神保町、早稻田一带，旧书肆中有大量的文学全集，精装函套，有些还是真皮面，是真正的豪华本。但由于过于挥霍空间，且印数庞大，基本上难逃打捆堆在店前路边上等待贱卖的命运。"移风易俗"后，代之以开本小巧实用、装帧简洁素雅的审美趣味，且书目繁多，森罗万象，无所不包。在出版业持续衰退的大气候下，过去十五年来，小开本市场却异常坚挺，相当程度上填补了码洋的缺口。

主流出版物按开本大致分为三类：单行本、"新书"和文库本。单行本与中国一样，有大小三十二开之分，有精装本，有简装本，也有软精装，但以硬精装（Hard Cover）最为普遍。这三类主流产品，各有其职能分工，相辅相成，基本上构成了出版市场的主干，我称其为现代出版业的"东洋标准"。

"东洋标准"中的两个主要版型，一是文库，二是新书，说来都是从西洋"拿来"的。所谓文库版，即 A6 版（148×105mm）袖珍口袋本，历史逾百年。日本最早的文库本，是 1893 年博文馆出版的"帝国文库"，是厚达一千多页的精装豪华本，与今天文库本的概念相去甚远。一般认为，东洋现代的文库版，是受德国"雷克拉姆文库"或"卡塞尔文库"的刺激而产生的，滥觞于 1903 年，由富山房创刊的"袖珍名著文库"。1914 年，新潮社刊行"新潮文库"，比今天通行的 A6 版标准规格略小一些。

1920 年，岩波书店推出"岩波文库"，旨在以低价格刊行名著，普及学术。"岩波文库"至今仍在延续，真正是文库本中的百年老店，内容从古希腊先哲，到中国先秦的诸子百家，从黑格尔、康德，到马克斯·韦伯、哈耶克，可谓兼容并蓄，对文化启蒙功莫大焉。除了"岩波文库"外，还有改造社的"改造文库"、春阳堂的"春阳堂文库"，东洋出版史上的第一次"文库热"，在战前便形成了。我收藏的最早的一册文库本，是文艺评论家厨川白村的《出了象牙塔·苦闷的象征》（象牙の塔を出て·苦悶の象徵），1933 年 11 月由改造社出版的"改造文库"。

1949 年，角川书店创刊"角川文库"，与"岩波文库""新潮文库"并称为三大文库。战后，又先后掀起过四次"文库热"，被卷入其中的出版社所在多有。据日本出版科学研究所 2013 年的统计，目前共有 85 家出版社在同时发行 192 种文库本丛书，其中颇不乏发行量逾百万册的长销书（Lang Seller）：如"岩波文库"中占据第一位的《苏格拉底的申辩·克里托篇》（ソクラテスの弁明·クリトン），共发行 164.2 万册；"新潮文库"中的首位是夏目漱石的《心》（こころ），发行实绩是 691.05 万册。

按东洋书业的行规，在杂志（或报纸）的连载结束后，出版单行本。单行本付梓三年，待码洋达到一定水平，成本回收后，推出文库本。但近年，这个不成文的陈规已有被打破的态势，如 2010 年开始进军文库本市场的实业之日本社，在东野圭吾的推理小说《劫持白银》（白銀ジャック）于某杂志的连载结束后，并未经过单行本，而是直接推出了同名文库本，大获成功，热卖逾百万册。

另一类袖珍本出版物是"新书"版，标准规格为 173×106mm，比文库版略微瘦长一些。此"新书"并非指新近出版的新书，而是这种开本的出版物统称（日文中，相对于"古本"，新出版图书叫"新刊书"）。新书的历史比文库浅，但也基本上是战前从西洋舶来的文化。1938 年，岩波书店模仿一年前英国创刊的"企鹅丛书"推出了"岩波新书"。与主要刊行经典的"岩波文库"不同，"岩波新书"的理念是"以现代人的现代教养为目的"，向国民普及新知。如此出版理念，至今不渝。新书作者多系各个人文社科分野中公认的权威学者、学术大家，面向一般读者，以去专业化的形式，介绍本学科的前沿动态，要求是生动有趣，提纲挈领，是一种普及型的标准化知识产品——岩波书店甚至对新书的篇幅都作出过明确要求，平均为 224 页。

新书文化在战时受到遏制，未能做大，战后却被广泛接受，成为与文库本鼎足并立的主流产品，并衍生出一些延伸性产品（后文论及），为东瀛书业提供了有力的支撑，点缀着纸质出版作为所谓"夕阳产业"的黄昏之美。

以上，是对东瀛书业的一个个人视角的粗线条扫描。接下来，再简单谈一下日本的书店文化。

好多书店

到过日本的人会惊异于那个国家书店之多：截至 2014 年 5 月，"本全国共有新书店 13943 家。其中，110 家连锁书店，便拥有 4500 个店铺。而这还是持续萧条、书店业整体缩水后的结果：据统计，过去十六年来，日本每年减少 522 家新书店。十六年间共有 8353 家新书店消失。1999 年，全国共有新书店 22296 家。日本国土面积为 37.8 万平方公里，比一个云南省还要小大约 2 万平方公里。想一想，这是什么样的规模？

虽然新书店整体萎缩，但旧书店并没有明显减少。全国加盟"古书籍商组合联合会"的实体旧书店约有 2200 家，其中东京 770 家、大阪 280 家、京都 120 家。东京旧书店中的大约五分之一（约 170 家）集中在神保町一带。旧书店不仅没减少，且"受惠"于书业的不景气，整体规模还有所扩大：上世纪九十年代中后期，出现了一类既不是新书店，也不同于传统旧书肆的书店——新古书店，主要经营近年付梓的漫画、文库本、新书本等大量出版，虽无甚版本价值，但品相良好的旧书。其特点是：外观与新书毫无二致，但价格要比新书店便宜得多；而一些古籍珍本和专业书（如建筑、艺术、摄影等），则要比传统旧书店便宜得多；除了图书漫画，还兼营唱片、DVD。这类新古书店，刚好在出版业开始衰退的时期出现，相当程度上弥补了书业不景气带来的缺失，满足了人们对新版畅销书的阅读饥渴，因而颇受欢迎，增长迅速，如 BOOK OFF、古本市场等，均是在都会繁华街区拥有众多店铺的大型连锁商。

这种新古书店的出现，还带来了另一重大影响，那就是：人们读过之后的书，还可以处理给下游的旧书店——多了一次流通。如此，从出版社，经过中盘商，到新书店，再到新古书店，最后到旧书店，一本书可以有三次以上的流通（还不算图书馆渠道的流通），极大提高了知识文化的传播效率。所以，我常常对朋友

"京都学派"重镇京都大学人文科学研究所（"人文研"）。

"人文研"斜对过的朋友书店是京都一家重要的中国系旧书店。

说：在日本丢东西不怕，但丢什么千万别丢书。东瀛治安良好，基本上是路不拾遗的社会。我个人在过去二十年就有过遗失 Walk Man、照相机、iPhone 的记录，但都"完璧归赵"了。唯独丢书，那是真难找回来。一是"书香社会"——读书人确实多；二是书有价值，无论新书、旧书。

为什么强

我个人常常被中国的出版人、媒体人朋友问到的一个问题是：日本书店做大的秘密何在？确实，这也是我自己多年来一直在观察、思考的问题。每当我去新宿站东口的纪伊国屋书店、东京站八重洲口的八重洲图书中心、池袋站东口的淳久堂书店、御茶水站圣桥口的丸善书店，及位于神保町书店街铃兰通上的三省堂本店和东京书店猫头鹰店的时候，总禁不住在想：为什么这些书店能堂堂在这里营业，而且做得如此"高大上"，一做就做了几十年，甚至做成了百年老店？进而又想到，为什么这些黄金地段的"高大上"建筑不是政府机关，不是银行、警视厅和保险公司的大厦，而是一间书店？

答案肯定是多重复合结构的，殊难一两句话讲清楚。但最直接的原因，我想恐怕有两点：一曰"再贩制"，一曰"委贩制"。先说前者。所谓"再贩制"，全称是"再贩售价格维持制度"：即图书由出版社定价，零售商（包括新书店、亚马逊等电商和兼营图书的便利店）务须遵守，不可擅自降价，或变相打折。新书不降价，其实是日本自江户时代以来书业的不成文行规。但作为法律出台，则是战后的事情。日本《反垄断法》（独占禁止法）

位于新宿东口的纪伊国屋书店本店。

规定，任何产品的价格，不可由生产商单方面决定。但为推动、确保文化事业的繁荣和生命力计，1953 年，国家立法，对出版业"网开一面"，以法律的形式承认了"古已有之"的"潜规则"——即"再贩制"。

可别小看这个"再贩制"。在互联网 2.0 时代，它是确保实体书店不被电商冲垮的"防波堤""防火墙"。日本很多新书店，虽然也发行积分卡，但积累的点数原则上只能购买文具（大书店多附设文具店），或在书店的咖啡厅消费。据《每日新闻》2014 年 7 月 5 日报道，因电商亚马逊暑假期间，面向学生推出所谓"积分回馈"的促销政策，"造成了事实上的图书降价"，遭东京都内三家大型出版社的抗议，停止向亚马逊供货。为声援三社的维权，在首都圈内拥有众多连锁店铺的大型新书店有邻堂，在自己的店铺内为这三家出版社专设新书角，旨在弥补三社因维权而蒙受的损失。如此出版社与实体书店声气相求的互动，恐怕是东瀛才能看到的风景。客观上，也是对"书店做大的秘密何在"问题的最好诠释。

第二点比较简单，即"委托贩售制"，相当于中国书店的寄售制：新书店为了减少库存风险，在一定的期限内（一般是半年以内）可向出版社退货。但这个措施有利亦有弊，困扰书业已久的居高不下的退货率（接近 40%），被认为与此有直接的关系。

正是这种对文化产业的倾斜性保护措施，使日本的书店业迅速发展，蛋糕越做越大。如著名的纪伊国屋书店 1927 年在新宿创业时，从一个营业面积只有 18 坪（1 坪 ≈ 3.3 平方米）的二层小木楼起步，今天已成长为日本最具代表性的大型书店连锁企业。

东瀛最大的书店，号称是大阪的纪伊国屋书店梅田店，日均接待5万名书客。

好有文化

我说日本书店"好有文化"，基本上不是一个价值判断，而是一种事实判断。从店名、历史，到店主、经营，都在为这种事实判断提供依据。日本书店大多历史悠久，店名都有明确的来历，有些甚至来源于中国的经典。如上面提到的有邻堂书店，店名源于孔子的"德不孤，必有邻"；三省堂书店，则源于《论语》中的"吾日三省吾身"；著名的茑屋书店（TSUDAYA），来源于江户时代著名的"版元"（即出版商）茑屋重三郎，正是他把写乐、歌麿、马琴等不世出的绘师推向了出版市场；1966年创业的淳久堂，在日本书店中历史不算长，是老铺菊屋（キクヤ）图书贩卖株式会社的创业者工藤淳把图书部门委托给儿子工藤恭孝后独立的结果。独立之际，恭孝出于孝心，把父亲的名字按西式习惯掉了个个儿，变成"淳·工藤"（ジュン·クドウ），后又根据发音，借用通假字，改称"淳久堂"。

要想书店有文化，一个先决条件是老板要有文化。如纪伊国屋书店的创业者田边茂一，早年是著名的文艺青年，经营全权交给别人，自己醉心于文学创作和演剧运动，还发行过自己的唱片，在银座的酒吧夜夜笙箫，被昵称为"夜市长"。但正是这样的书店老板，才知道怎样让书店更具艺术范儿。新宿东口的纪伊国屋本店附设的顶层画廊和小剧场，是战后日本的文化地标之一，是小资男女们幽会的"热穴"（Hot Spot）。

书店老板，特别是旧书店主，有高度的文化修养，甚至是某个学术领域当仁不让的专家的例证，简直不胜枚举，我自己就特爱读旧书店主作家们的随笔。如1944年出生的作家出久根达郎，至今仍在东京最小资的地界——中央线沿线高圆寺经营一间旧书店"芳雅堂"，边开店，边写作，著述宏富不在话下，居然还是直木奖得主！

2014年6月，我与友人去东京散心，参观了一间新近开张的叫"摄影食堂"（写真集食堂—めぐたま）的视觉系书店。书店位于东京黄金地段六本木使馆区的核心地带，是一幢木结构的二层小楼，经营者是著名摄影家、评论家饭泽耕太郎夫妇。说是书店，其实是餐吧，兼图书馆和主人的艺术工作室。我是饭泽的粉丝，对其著作多有收藏，刚好不久前知道他是长居北京的日本作家友人温子小姐的朋友，便慕名前去拜访。真是眼界大开：饭泽把全部数千部摄影集的收藏，统统拿出来，用于摄影爱好者借阅、研究（也有一部分可出售），其中不乏早已绝版的稀见本。我和北京的友人，加上一位东京的女建筑师朋友，边喝咖啡边聊天，检阅了一番平时断难看到的写真集珍藏，大饱眼福。临走时，把刚从神保町的艺术系旧书店淘来的一本饭泽摄影评论集让作者签了名，咏而归。

当然，仅靠传统和店主有文化，尚难撑起整体的书店文化。即使再"高大上"的架构，也还需要细节砖瓦的填充、夯实。而东瀛书店，最不缺的，就是细节，简直是细节控的天堂。随便举几个例子吧：

——书皮文化。在日本的新书店购书，结账时，店员肯定会问你需不需要包书皮。你只需答一个"请"字，或点一下头，店员便会按你购买的册数，从柜台下面抽出相应数量的包装纸。一般来说，每个店家都备有几种图案的包装纸，任顾客随意挑选。这些包装纸上除了印有书店的 Logo 外，并没有多余的广告信息，设计风格或素雅脱俗，或大胆前卫。但见女店员纤纤素手，翻来覆去，裁剪折叠，三下两下就把几本书的书皮包好，然后分别插入店家的书签，装入手提塑料袋中，用胶带封好袋口。在双手递给顾客的同时，颔首鞠躬、致谢。

书皮文化，起源于大正时代，是日本特有的文化。艺术家竹久梦二早年也曾为发妻他万喜经营的精品屋设计过不少书皮包装纸。除了书店免费提供的一次性纸书皮外，作为图书的延伸性产品，书店附设的文具店（或文具卖场）还出售各种开本的非一次性书皮，从普通的塑料材质，到纯棉、纯麻质地，仿皮、真皮制品，应有尽有。由于日本出版的高度标准化，每种开本的书皮，均可适用于同样开本的所有书籍，本身就是一件工艺品。我自己便有大小三十二开、新书版、文库版，塑料、布面和真皮制的各种书皮。阅读时（尤其是在公共场所阅读时），包上书皮，一方面可保护书籍免受磨损，拿到旧书店处理时不掉价，另一方面也是一种对个人隐私的保护。因为在日人的观念中，读书跟吃饭、睡觉一样，也是一种私行，未必想让别人看见。君不见，早高峰的通勤电车上，邻座那位西装革履、专心捧读的大叔，手里用真皮书皮包着的文库本没准是一本官能小说或色情漫画，也未可知。

——作家书架。很多书店在人文书的卖场设有"作家书架"：

打乱通常的按出版社、作者或不同丛书的常规分类，由一位或几位作家、学者按自己的个人趣味重新分类，码垛，或整理几个书架，并定期更换。如京都的著名书店惠文社一乘寺店，店堂内清一色古董家俬，不大像个书店，但到处是书和杂志，且高度混搭，文库本、杂志与漫画，不论开本，爱谁谁。但仔细一看会发现，所有书刊，被分成了几大类：食、猫、酒、建筑、乙女、时间……不用说，如此个性化的分类，也是作家的功课。

这方面，走得最远的，是淳久堂书店的池袋总店。这家店对人文书的个性化口味，已不满足于普通的"作家书架"或"作家角"，2003 年，开始导入"作家书店"制度：与名作家、名学者、名记者签约，期限为半年。签约作家不仅驻店，且担任店长，实操营业。在七层卖场，特设一个空间，以作家的名字命名，作为"作家书店"向书客开放。期间销售由作家亲自遴选的 500 种书籍，并举办各种文化活动，至今已迎来了第 20 位作家——翻译家柴田元幸。2014 年 8 月 31 日，在七层的"柴田元幸书店"举行了一场关于马克·吐温的文学讲座。

——自己"出版"。你可以想象用喝一小杯咖啡的功夫出版一本书吗？这不是 SF 小说中的情结，而是现实。四年前，神保町的三省堂本店引进了一台设备，名字就叫"意式特浓印刷机"（EMB：Espresso Book Machine）。当然，这台设备是美国进口的舶来品。那些绝版多年，在坊间已难觅芳踪的稀见本；钟情文字，却与出版无缘者的回忆录等著述；一本书内容甚好，但装帧设计俗恶无比，难以忍受，想自己重新做一本取而代之……凡此种种，正是这间"特浓"作坊的潜在客户。你只需提供固定格式的电子

京都的惠文社一乘寺店是一家著名的小资书店。

文档，通过店中与国家版权机构联网的专用系统确认有无著作权侵害问题（即使有，亦可通过交付版权使用费等形式通融解决），如无虞，便可开机印刷了。你可以从菜单中选择中意的版式，包括书封，连版权页都能实现个性化设计。至于价格，不同的内容数据提供方有相当差距。讲谈社出版物的话，大体是 B6 版，200 页，1000 日元。据三省堂负责人透露，"未来的目标是：库存断货的书，都可以在店头即时印制"。

——防雨措施。一次，我在新宿的纪伊国屋书店购书，在收银台交款时，一位英俊的店员按通常的操作麻利地结账、包书皮、装袋。把书递给我之前，微笑着问我：外面好像下小雨了，我给您做一个防雨处理吧？说着，并不等我回答，便从柜台里抽出一只透明塑料袋。那塑料袋明显已经做过标准化的加工，底部中间开了一个口，宽度刚好与书店的手提纸袋的提手一样宽。店员把塑料袋反过来一套，便给我手提袋穿上了"雨衣"，只露出两只提手。那天我有明确的目标，且买完书还有其他安排，并未恋栈，充其量也就耽搁了十来分钟的功夫，而我进店时并未下雨——可店员怎么知道外面下小雨了呢？

后来，我无意中跟李长声老师说起这个故事，长声老师告诉我，下雨时，书店里播放的背景音乐会切换到一个特定的曲目，店员一听，就知道下雨了，便要为客人做好防雨措施。我和我的小伙伴当时就惊呆了……这，也忒细节主义了吧？

有句话叫"细节决定成败"，好像说的也是日本，但我总觉得有点陈词滥调，并不以为然。不过，你却不得不承认，细节主义，的确是东瀛书店业的灵魂。

从"青木真理子现象"看书香社会

整整三十年前，一位名叫青木真理子的二十九岁 OL 投书著名的书评刊物《书的杂志》，大胆表达了自己的困惑，求解答：

> 不知为什么，我只要一呆在书店里，时间稍长，就顿生便意。无论是捧读三岛由纪夫那种高格调的文艺书，还是站着读高桥春男的漫画，便意会突然无情袭来。此乃两三年前开始的现象，至今原因不明。
>
> 在自己的身体呈如此变化之前，一位闺蜜也曾对我倾诉过同样的症状。当时我还感到有些匪夷所思："咦？为什么？好奇怪！"不承想，后来我们竟同病相怜。
>
> 难道说是因为长时间闻着新书的气味儿，就跟森林浴似的，细胞作用被激活，促进了排便活动么？或者说，是由于眼睛追着书脊看，酷使大脑，而使消化亢进的缘故？不知道！请有以教我。

此信在《书的杂志》1985 年 4 月号上发表后，引发了炸锅一般的效应：电台、电视台、报纸跟进，推波助澜；大量的读者来电、来信，诉诸类似症状，寻求答案，编辑部超负荷运转，疲于应对……俨然成了一个公共事件。彼时，尚不是网络时代，但在大众传媒的造势下，事件迅速升温，引发了包括内科学、消化医学、脑科学、精神病学等众多学科的专门家参与的一场旷日持久的大讨论。青木真理子的症状，被称为"青木真理子症候群"（Mariko Syndrome），有类似临床症状者，被称为"书便派"。众专家从各自的学术视野出发，提出了五花八门的病理学成因，如"纸张过敏""书籍彩页的油墨味道刺激了肠的蠕动""读书时的条件反射，副交感神经被激活"等等。甚至有人怀疑是造纸业界的"阴谋"：在图书用纸中混入了类似泻药成分的化学物质，旨在促进厕纸消费。结果也未得出像样的结论，不了了之。但通过讨论，明确的一点是：此症非恙，似乎也无需治疗。对此，青木自己虽然不明就里，却也并没有"不明觉厉"，而是接受现实，并"顺水推舟"。她在信中写道：

> 最近，我开始利用起这个现象。只要稍有便秘的征兆，我会在喝了夜酒的翌日早晨，去书店。可是，即使计划"成功"，街上的小书店里也没有厕所。所以，我为了去离书店十几米开外的车站内的厕所，从不忘携带月票和手纸。

二十八年后的 2013 年，《书的杂志》旧话重提，派出记者找到了青木真理子其人。曾几何时二十九岁的未婚 OL，已变身为五十七岁的两个孩子的母亲。她坦言体质并未因生产而改变，症状也未能自然治愈，至今仍保持着每天读书，并定期去书店的积习。

回过头来看，"青木真理子现象"是一个隐喻，折射了书香社会的"中毒"症状。在日本，诸如此类的"都市传说"其实颇夥。如我爱读的一本反映东瀛书店文化的漫画作品《云竹书店》中，书店侦探男云竹雄三在海外的一家书店中频密邂逅一位气质优雅而高冷的东洋美女（云竹优子），每每想搭讪，却始终未敢造次。一次，话语投机之余，终于鼓起勇气，试探性地向对方发出了饭局邀请，却遭到了拒绝："对不起，我已经结婚了。虽然如今是分居状态……"就在雄三吃惊、发怔的当儿，高冷的优子居然找补了一句："想知道分居的理由么？"并不等雄三回答，便自言自语道："因为，他竟然先于我而读了我买来的新书！"于是，富于识见的书店侦探当场顿悟：原来，云竹优子是一个视比任何人都能率先读到自己喜爱的书为人生意义的女性。虽说是漫画中的虚构人物，但没人怀疑其在真实社会中的实存性。从青木真理子到云竹优子，"中毒"症状不仅未轻减，反而加剧了。

日本有句古话，译成中文，大意是"歌随世变，世随歌移"[1]。歌如此，书亦如是。每个时代，有那个时代的畅销书，而写在书中的文化和舆论，又反过来影响着世相，改变着时代。从战前到战后，出版和传媒机构对那些深刻影响国民阅读的畅

---

[1] 原文为"歌は世につれ、世は歌につれ"。

销书及其发行数据都有精密的统计。如 1947 年度的畅销书《爱情就像从天而降的星星》[1]，是前《朝日新闻》记者、驻中国特派员尾崎秀实在狱中致妻子的书信集，当选的理由是"对妻子倾注的无限爱情"。要知道，仅在两年前，尾崎秀实因"佐尔格事件"的牵涉被治以叛国罪，并处极刑，是如假包换的"卖国贼"，两年后却成了万人争读的反战英雄……历史何其讽刺。1956 年，通产省在《经济白皮书》中打出了"已然不是战后"[2]的口号，宣告了战后复兴的结束和高增长时代的开始。国民在经济转型的道路上，对太平洋战争末期动荡的"满洲"，投去最后深情的一瞥，成了五味川纯平的长篇处女作《人间的条件》荣登 1958 年度第一畅销书的理由。1974 年，刚从一年前的"石油危机"的震荡中醒过闷儿来的国民，争相阅读小松左京的社会幻想名著《日本沉没》，悲凉之雾，遍披列岛。1990 年，石原慎太郎、盛田昭夫合著的《日本可以说不》[3]，代表了日人在"泡沫经济"时代牛气冲天的自信，如今想来，恍如隔世……对一个书香社会而言，没有比畅销书更能折射世相、更能为时代背书的有效指标了。

因此，无论是"出版大崩溃"、纸质书"冰河期"，还是数字出版的"逆袭"，我个人一向不担心东瀛书业难以为继。只要对这个书香社会的历史、规模及其偏执的气质多少有所了解，便能理解阅读形态尽可变化、升级，但阅读本身永远不会消亡。你

---

〔1〕　即『愛情はふる星のごとく』。
〔2〕　语出通产省发行的《经济白皮书》（1956）："もはや戦後ではない。"
〔3〕　即「『NO』と言える日本」。

绝对无法想象，手不释卷的青木真理子、云竹优子们，告别书籍"森林浴"时的落寞及无法在他人之前先睹为快时的愤懑。那个社会，正是由无数青木和云竹们构成的。而她（他）们，是一群深度的"瘾君子"。

附　我的"书天堂"

——那些逝去的好书店

　　如果说，鲁迅话语中的"失掉的好地狱"，表达了一种对虚无主义哲学的反讽——根本就无所谓"好地狱"，更无所谓"失掉"——的话，那么"逝去的好天堂"，大约还是有的。"天堂"者，因人而异，从梦中归省的故土，到逝去的亲人、爱情，甚至一套得而复失的豪宅，不一而足。对我来说，"天堂"是那些不再的好书店。

　　把书店比作"天堂"，从来就有，近如台湾作家钟芳玲的《书天堂》，乃至这种比喻多少有那么一点"陈词滥调"的意味。但，没法子，我确实找不出比"天堂"更合适的说法了。在小资的心目中，书咖啡（Book Café）或许是与"天堂"想象更接近的所在，这我也同意。国外的不说，仅北京的老书虫、库布里克，就近乎这等存在，遑论成府路改造前，由台湾电影青年创业、与老万圣比邻而居的"雕刻时光"。但书咖啡的核心元素，还是书。离了书，那就成星巴克了。所以，真正的"天堂"，还是书店。弥尔顿说："唯一真实的乐园是失去的乐园。"从这个意义上说，尚未失去的"天堂"，还不是真"天堂"。以如此苛刻的标准衡量下来，能称得上"天堂"的书店，怕也所剩无几了。

帝都虽然拥有全国最多的书店，但倘以"天堂观"评价的话，合乎标准者还真不多。上世纪九十年代末期，到二十一世纪之初，北京高档购物中心屈指可数，燕莎商城是其中之翘楚，没有之一。但请君莫误会——购物中心既与我无关，亦非本文的主旨，我说的是书店。是的，燕莎商城的卖场从一层到五层，内部办公区在六层，而办公区的旁边，有过一家书店。没有店幌，我称之为"燕莎书店"。卖场不算大，但也不小，总有四五百平米的样子。书架是实木打制的，很结实的感觉，书的"码垛"也很专业。这家书店里杂七杂八的书其实并不少，我也买过一些，但对我的意义，基本只限于一点：这是一家艺术书店，而且货色以进口原版图书、画册为主。这在那个时代，是稀缺资源。

几年下来，我应该在那里买过不下万元的书，大多是外版画册、摄影集和艺术理论书籍。如科隆路德维希博物馆（Museum Ludwig Cologne）藏二十世纪摄影作品、美国著名摄影博物馆乔治·伊斯曼之家（George Eastman House）所藏摄影集，均为德国塔申（TASCHEN）社出版的英文版摄影集，前者出版于1996年，后者出版于1999年。两种摄影集同样开本（大三十二开），厚度均在七八百页，应是一套丛书，分别按各自的线索和体例，网罗了从摄影术发明至二十世纪末、留名摄影史的绝大部分作品（当然主要是西方的）。如乔治·伊斯曼之家那本中，甚至收录了当时作为《纽约时报》摄影记者的刘香成摄于 1989 年夏天北京街头的照片。

另一本塔申版（2005 年）的艺术书是厚达 575 页的人体摄影集 *1000 Nudes——A History of Erotic Photography from 1839—1939*。唯其以"Erotic"（情色）为编辑定位，才不失为一部妙书——你懂的。可惜全书除了序言是英文的，正文中的说明文字统统是法文，有时为检索一幅作品的资料，不通法文的笔者几欲挠墙。

德国 Könemann 社 1999 年出版的名人肖像摄影集（PORTRAITS），八开，416 页，收录各国名人黑白肖像摄影共 200 帧，一律按左页生平、右页肖像的体例编排，书后附有全部人名的资料检索，按英文字母排序。这本书对我的意义之大，无论怎么说都不过分。许多历史人物，我是先读其文（传记、著作或画作），后睹其人（容）的，如墨西哥女艺术家弗里达·卡洛（Frida Kahlo），如太平洋战争中日本对美"战略放送"的英文女播音员、被称为"东京玫瑰"（Tokyo Rose）的户栗郁子等。而且，这本图册所选择的肖像颇具匠心，很多并不是常常见诸大众媒体的图片，有些颇另类，如毛泽东、玛丽莲·梦露、麦当娜、裕仁、戈尔巴乔夫等，都是我此前从未见过的摄影。更何况，那肖像摄影不是一般的大，清一色 A3 尺幅！有多过瘾，可想而知。这本书连样品带库存，仅有两本，都被我拿下，其中一本作为视觉资料，转卖给了我当时写艺术评论专栏的《视觉 21》杂志编辑部，书价我现在都记得清清楚楚：330 元（应该是打了八或八五折后的价格）。唯一的"美中不足"，仍然是——法语版！

作为燕莎商城里的书店，购物环境之温馨自不在话下，可仅这一点的话，并不符合我对"天堂"的全部想象。对我来说，每次抱着心爱的图册出来，乘直梯下到一层，再轻车熟路地穿过淑女首饰、箱包的卖场，从商城后门进入凯宾斯基饭店，径直走到大堂西侧的咖啡酒廊，点一杯现磨经典咖啡，然后边受用芳醇的咖啡泡沫，边摩挲那些外版图册，才是"天堂"时光。上班的地方，就在马路斜对过的写字楼里，我基本不必在意时间。乃至多年后的今天，我对那些图册的记忆，总伴随着凯宾斯基咖啡的香味，不知道这算不算是"通感"？

因工作关系，我一度净往上海、长沙和沈阳跑。尤其是长沙，飞了总有百来次。到上海，自然不能不去季风书店。陕西南路地铁站内的总店，没少去，也没少买。不过我知道，那里几乎所有的书，北京的万圣书园里都有，但该买还是得买，权当对独立书店的支持。彼时，静安广场附近有一家季风分店，叫"季风艺术书店"。店堂不大，但有两层，靠近收银台的地方，螺旋形的楼梯通向楼上。我至今记得店里的地面是深褐色实木地板，跟寒舍的差不多。午后三时左右过去，从二楼窗户射进来的阳光打在地板上，人走在上面，吱呀作响，脚感很舒服。也许就因为环境过于"治愈"了，多年后，对买过哪些书，竟淡忘了，只记得买过一本顾铮的《人体摄影 150 年》和几种《艺术世界》杂志的过刊。我那时正为《艺术世界》写现代艺术专栏，突然发现那么多过刊，且几乎是全新的，很是亢奋。

我在上海买书，无论是陕西南路的季风总店，还是静安寺的艺术分店，亦或是福州路上的老书肆，一般不会太恋栈。敛了书，乘出租车去绍兴路尔冬强开的书咖啡"汉源书店"，或直奔衡山路，坐在"时光倒流"或"1931"的靠窗的座位上，一杯热咖在手，把刚买的新书一一摊在桌上，摩挲一过，才感觉"程序"接近完成。是的，必须是绍兴路或衡山路，而不是后来名声在外、牛逼哄哄的小资圣地新天地。

我去长沙的次数既多，跨度也长，从上世纪九十年代中期起，到 2005 年前后，亲眼见证了这个中南部省会城市在开发狂潮中的"变容"。我一般住在市中心的华天大酒店。记得早年，酒店对过的报亭里，报刊种类明显比北京少，每周四出版的《南方周末》总要到周五傍晚才能见到。出酒店往东不出 200 米，是一条屠宰街，鸡鸭猪狗，当场屠宰，满街腥秽，一地鸡毛的感觉。但道路拓宽，商铺栉比，绿地环绕，街树整饬，仿佛是一夜间的"豹变"。能读到当天发行的"南周"、大道通衢固然好，可想到随"鸡零狗碎"一起消失的，还有独立书店，这代价就未免令人扼腕了。

在五一路与韶山北路交叉口的西南角，过去曾有一家"世界名著书店"。听这赤裸裸的文青范儿的店名，想必就能预知其命运。果不其然，七八年前，当我再次乘出租车从那儿经过，正准备下车时，突然发现店面似乎豁亮了不少。细看之下，原先宋体字的店幌改成了中移动门市部的蓝色招牌。当然这也没啥可感伤的，毕竟我已经过了大量阅读文学名著的时期。但我很怀念里面一位端庄挺秀的中年女店员，操一口湘人少有的标准普通话。我在那儿买得最多的，是人文社精装系列"世界文学名著文库"中的补缺，记得有阿·托尔斯泰的《苦难历程》和丰子恺译《源氏物语》等。现在补缺，只需登录网店，轻点鼠标，唾手可得。但那会儿，除了在同类书店中留心蹉摸，还真没别的法子。而有些多年前的旧版书，京城书店早已脱销，但外埠的书店中，却往往有批量库存——也算是个人微不足道的经验之谈吧。

与这家书店大掉角，往南直行三四站地的人民中路上有个长沙电影城，电影城的旁边有一家"艺术书店"。我没确认过，但从进书的趣味看，八成与艺术家兼出版人陈侗有关。这家店我先后去过五六次，但购书其实有限，记得的只有几种现代艺术理论书籍，如《现代美术历程100问》（王林主编，四川美术出版社2000年7月版）、《阵中叫阵》（李小山著，江苏美术出版社2001年8月版）、《国际当代艺术家访谈》（常宁生主编，江苏美术出版社2002年10月版）等。

长沙的书店中，我顶熟悉的，要算是位于解放西路的定王台图书批发城，离我住的华天大酒店只有一箭之遥。按说图批市场之类，我应该没什么兴趣。长居帝都，号称全国第一的甜水园书城，我只去过一次，还是顺道探访。但不知为什么，对定王台书城却情有独钟，先后去了总不下四五十次吧。既是批发市场，书城里有相关出版社的展位，有的是正经的"店中店"，有的则是几个柜台，但京、沪、宁的主流出版社均设有营销点。我常逛的有三联、商务、东方、江苏人民、岳麓、湖（南）美（术）等几家。因是常客，且每每"大宗认购"，遂与一些出版社的摊主混成了熟脸。对看上的书，我只要说个价，他们一般不大还价。当然，前提是自个儿也要相对了解书业行情，同时给店主留出合理的利润空间。

说到我在定王台的斩获，当首推两套大书：一是浙江摄影出版社出版的《摄影家》系列。这套由台湾摄影家阮义忠先生策划、直接引进台版的摄影集丛，原计划出五十八辑，是一个野心勃勃的艺术出版工程。但最后只出了十辑便戛然而止。从 1999 年 4 月到 2002 年 4 月，历时三年。每辑 140 页，只印 1500 册，定价 135 元。全铜版纸精印的海外版权摄影集丛，如此规模，品质如此齐整，此前和此后，均未得见，其价值是不言而喻的。至今犹记得我把十辑《摄影家》精心包装后，放在公文箱里，不付托运，亲自背回家时的满足感。与此同时，还有翌日始发作，持续了一周之久的背痛。二是中国大百科版《不列颠百科全书》（国际中文版），真皮面精装，二十卷，定价 2200 元（1999 年 4 月第 1 版，2000 年 1 月第 3 刷）。这套直接让老板托运至北京西站，然后安排家人去提的货。

当时未必有感觉，但回过头来看，不得不承认，上世纪九十年代末到二十一世纪初年，确实堪称中国出版的黄金时代，意识形态的压力是最小的。岳麓书社、湖南美术等地方出版社势头正猛，好书目不暇给。那时资讯不如现在发达，有些书在北京坊间错过了，到定王台一看，却安静地躺在某出版社"店中店"的书台上，得来全不费工夫（如湖南美术版温普林的《江湖漂》，好像只出了上卷；如岳麓版唐德刚的《晚清七十年》《蒋廷黻回忆录》等）。值得一提的，是定王台书城的边上有家名曰"弘道"的独立书店。每次拎着大包小包从书城出来，总不忘顺道进去转一圈。书店很小，进门三面墙是书架，中间一个书台，但却有很多如《书屋》《东方》《方法》等在知识界颇有人气的文化、学术刊物的过刊。记得我就是在那儿，配齐了《书屋》杂志从创刊号到早年缺省的全部旧刊。

对沈阳的书店，其实我并不很了解，也没有太大的兴趣。但个人频密赴沈的时期，刚好是出版家俞晓群主政辽宁教育出版社的时期，沈昌文、俞晓群、陆灏联手打造的辽版书小资味十足，风靡全国。我到沈阳多住在商贸酒店，从酒店过马路往南走不远的巷子里，就是辽教社的读者服务部。自从发现了那爿小店之后，我的行李便陡然增重。那几年里，从《古希腊风化史》《古罗马风化史》（均为辽教社 2000 年 10 月版），到《中国人留学日本百年史》（上、下卷，辽教社 1997 年 9 月版，仅印 1000 套），到"新世纪万有文库"，究竟买了多少种，连我自己都忘记了。记得有一种《万象译事》（第 1 卷），装帧品质颇典雅，很有张爱玲范儿。从内容上看，应该是翻译文丛类的 MOOK，译者有殷海光、资中筠、董乐山、施康强等，均为译界大腕。可只出了一辑，便迄无下文了。想来那会儿的出版家们，诸如此类的烂尾事业，可也真没少练。

时光倏忽，一晃小二十年过去了。过去因工作的关系，隔三差五飞来飞去，直飞到令人反胃的外埠城市，如今都成了渐行渐远、温暖醇美的回忆。正如我已不复是昨日之我，那些城市的变化也早已溢出了我的想象。好也好，坏也好，这就是现实，只能接受。但唯一恒久不变、甘美如初的，是关于"书天堂"的记忆。它们在我心中早已深度定格，是代表那个城市的 LOGO。当然，还有我已逝的青春。

跋　散步之城，不亦乐乎

在我看来，世上的城市分两种，一类适合散步，一类不适合。我居住的城——帝都，明显属于后者。人到中年，爱上散步，而北京却无处可散，于是，这步就散出了国门。

当然，我之所以爱往东京跑，倒也不单是为了散步，那些预谋中的目标之地和随机的"斩获"——美术馆、文学馆、文豪故居和新旧书店，每每令我流连忘返，计划中的散步"路线图"屡遭修改。但，这真不是一个问题。人，跟着脚走；脚，跟着感觉走。日出而行，日没而酌，随遇而安，不亦乐乎——东瀛的散步，几乎是纯感官性的。

这本小书，是我对东京的致敬。集子以从 2012 年到 2015 年，我在《南方都市报》书评版开的文化随笔专栏"东瀛屐痕"为主干，外加发表于《上海书评》、腾讯"大家"等媒体的散篇，重新编纂而成，可以说是一个从个人视角切入的、对东瀛文艺和书业的观察。俗话说，"他山之石，可以攻玉"。在这个新媒体大举扩张之下，传统出版和媒体业一片风声鹤唳的"多事之秋"，日本书业的"黄昏之美"或许能给我们带来一丝安慰或希冀。

感谢南都书评的戴新伟、刘铮两位编辑，你们是此书的"酵母"；感谢日本出版研究第一人长声先生赐序，在东京的每一次酒局，都是散步的"加油站"；感谢日本友人、画家泽野公先生特意为本书绘制插画，您的艺术和交情，是对我的双重治愈；感谢山东画报出版社的徐峙立女史和本书责编怀志霄先生，正是两位的专业性劳作，才使本书得以以如此精致的形式"物化"。

人生匆促，无论散步，还是读书，都不是无涯之事。而何以在有限的时间内，走更多的路，开更多的卷，以至在人生"退场"之时，为自己点缀一份"有终之美"，是我所关注的头等大事。

刘 柠

2015 年 4 月 28 日

于望京西园

图书在版编目（CIP）数据

东京文艺散策 ／ 刘柠著. 一济南：山东画报出版
社，2016.3
ISBN 978-7-5474-1720-1

Ⅰ.①东… Ⅱ.①刘… Ⅲ.①随笔－作品集－中国－
当代 Ⅳ.①I267.1

中国版本图书馆CIP数据核字（2015）第309246号

责任编辑 怀志霄
装帧设计 王 芳
主管部门 山东出版传媒股份有限公司
出版发行 山东画报出版社
　　　　社　址 济南市经九路胜利大街39号 邮编 250001
　　　　电　话 总编室（0531）82098470
　　　　　　　 市场部（0531）82098479 82098476(传真)
　　　　网　址 http://www.hbcbs.com.cn
　　　　电子信箱 hbcb@sdpress.com.cn
印　刷 山东临沂新华印刷物流集团
规　格 148毫米×210毫米
　　　　7.75印张 87幅图 170千字
版　次 2016年3月第1版
印　次 2016年3月第1次印刷
定　价 48.00元

如有印装质量问题，请与出版社总编室联系调换。